時里二郎詩集・目次

詩集〈名井島〉全篇

散文

作品論・詩人論

装幀原案・菊地信義

詩篇

詩集〈胚種譚〉から

荒ぶるつわものに関する覚書

I

荒ぶるつわものの伝説を語る人々は、菫者《すみれもの》と呼ばれ、見事な弓を携えているにもかかわらず、ことごとく目を病んでいる。その名のとおり春にのみこの邑《くに》を巡遊し、菫色に染めた衣裳をまとい、その色と紛う程の空あいになる黄昏にまぎれて姿を現す。

菫者が手にしている弓はもっぱらその弓弦《ゆみづる》を弾《はじ》いて音を出すためにのみ用いられる。彼らの間では、弓は純粋な楽器として伝えられており、それがもとは武具であったとはつゆ知られていない。彼らの語る伝説がほとんど〝つわもの〟に関するもので占められていることを考えてみれば不思議としか言いようがない。ただ菫者は彼らの持っている弓に似た楽器を「ユメ」と呼び、伝説の中の弓（ユミ）とは全く異なったものであると考えている。目を病んでいる菫者にとって「ユメ」はかたちとしての像を結ぶにはあまりに手になじんでいるため物としての手ざわりを失ってしまっているのであろうか。あるいは口承の過程でことばは意味を失い純粋な音楽に変容してしまったのであろうか。

菫者の語りの優劣は、彼らのかきならす「ユメ」の音にそれがいかに融合しているか否かで判断される。名人と呼ばれる菫者の語りはほとんど「ユメ」の音と区別することは不可能だと言われる。従って最高の域に達した名人は菫頭《すみれがしら》と呼ばれ、ただ「ユメ」を抱くだけでそれを弾くことはない。さらに興味深いことには、菫頭と呼ばれる名人は「ユメ」を抱くことなしには一語として声を発することができないと言う。

かくして菫者の語りをそのまま記述することにはほとんど意味がない。彼らのことばは時間の容器に保存された古代の遺物のようにはるかな荒ぶるつわものの全体を彷彿とさせはするが理解することはできない。その音韻、その抑揚、その律動、その音楽のはざまに見え隠れする荒ぶるつわものの幻影を内部にくらいこまなくてはならない。菫者の語りを聞く者たちは、自らが荒ぶるつわものでありおのが自身の内部で荒ぶるつわものの伝説を生きるのである。むろん聞き手である邑人《くにびと》の年令、性別、階級、想像力等によって伝説に若干の異同、矛盾があることは否めない。

II

以下に記述する断片は、邑人《くにびと》たちの内部に蘇えった伝説をもとに翻案したものである。

……荒ぶるつわものは野うさぎを好んで食べる。かねがね野うさぎの敏捷さは彼を嘆賞させ彼の矢をあざ笑った。しかるに彼の矢にかかる野うさぎは野うさぎもどきであって、その肉は彼への侮蔑と嘲笑を食《は》むように、荒ぶるつわものをふるいたたせるのである。

……荒ぶるつわものはこの邑《くに》にひとりしかいない。「ひとりしかいることを許されていないのだ。」と荒ぶるつわものは強調する。他のつわものどもは辺土の防備にあたるという。また辺土の防備に赴く者たちは永遠に帰還することはないともいう。

……この邑の辺土には果てがない。荒ぶるつわものを除いてその果てを見たものはいない。辺土の防備に赴く者たちは、辺土にたどりつくまでに息絶えるのだ。彼らの屍はうず高い防塁となり、辺土のやせた地味をうるおす滋養となり、蔓状に伸びる樹々を繁らせている。荒ぶるつわものの弓弦《ゆみづる》はその蔓で張られ、彼が矢を放てば孤猿の叫喚に似た音がする。その音に、辺土に赴いていったつわものどもの声を聞く者は早晩、人知れず弓矢をたばさみ辺土の防備にむかうのである。

……荒ぶるつわものが忌み嫌ったものは、黄昏であり菫である。黄昏は辺土の先の暗黒を予兆するゆえに、菫は辺土にひろがる虚無の空の色を暗示するゆえに。

……荒ぶるつわものは防備に赴くつわものどもを前にして、辺土とその向こう側にあると彼が信じている邑《くに》について語った。かの邑にも荒ぶるつわものがいるであろう　同じようにつわものどもは果てのない辺土を夢見ている　さながら鏡のように　さながらこだまのように同じひとつの荒ぶるつわものの邑がある　ゆえに辺土とはあって　ないのだ　荒ぶるつわものは弓をひきしぼってさらに言う。すべての射んとする矢はむなしい　鳥の肉をつらぬくことはあっても鳥の全体をつらぬくことはない　おのれの射んとする矢はおのれの両眼にこそ放たれるべきなのだ　辺土はおのれ自身の裡にひろがっている

III

荒ぶるつわものは戦闘に参加したことがあるのだろうか。伝説の彼はもっぱら語る者であり思索者である。実際に彼がいかなる戦功をあげいかなる武者ぶりを示したかについてはつゆも語られていないからである。蓋し、菫者の玄妙な「ユメ」の弾音と語りに酔うこの邑人《くにびと》たちの荒ぶる魂の衰微をそれは物語っているのかもしれない。今日この邑《くに》には弓矢ひとつ残っていないのだ。人々は野うさぎを飼い、鳥をてなずけ、あえかな花をいつくしんでいる。「ユメ」をかかえた巡遊者を菫者と名付けたのは他ならぬこの邑の人々である。

荒ぶるつわものの晩年とその死については全く不明である。ただ菫者と呼ばれる巡遊者たちは、あるいは知っているのかもしれない。すべての射んとする矢はむなしいと語った荒ぶるつわものの弓が、はるかな時間の巡りを経て菫者の抱く「ユメ」に継承されているとするならば……

（『胚種譚』一九八三年湯川書房刊）

詩集〈採訪記〉から

ダルレス　或いは記憶の地誌

——＊＊市の博物館の奥まった未整理棚の一隅に古代錦にくるまれた暗色の鉱石が並べられている。錦の残欠には、稚拙な少年の顔と古代グランデ文字による《ダルレリアデス》とよめる刺繡がほどこされている。その名のみ残された少年の記憶の、朽ちた地誌にくるまれた鉱石は、かすかに濃緑をおびて、抉《えぐ》られた少年の眼窩のように、切なげな非在の闇を孕んでいる。

廃園

ダルレス　午後の廃園の微睡《まどろみ》を乱すリラの花の白い情欲が噴きこぼれている噴水の傍《かたわら》でわたしは微かに匂うおまえの静脈を梳《す》くように、おまえの衣裳《きぬ》を脱がしながら間遠《まどお》な鳥の声を聞いている。

　開けていくおまえの背はその中程《なかほど》を走る直《すぐ》な骨脈に縫合された、そよぐ草とてない未生《みしょう》の丘陵《おか》である。おまえは曖昧な微笑で身構えた雌鹿を装いながら、薄青い鉱物質の眼をこちらにむけていた。

　おまえの来歴を語るかのように鳥の声はさらに低くわたしの耳に囁く。足許《あしもと》にはその物語の結末を結《ゆ》わえられた薔薇《イバラ》の莟《つぼみ》がふくらんでいる。わたしはそれを口に含むように、おまえの踝《くるぶし》に唇をおしあてた。

　白いリラの花が異種の夢をおまえの丘陵《おか》にこぼした。

広場

ダルレス　おまえのつま先の踏むステップが明らかに女性の舞い手のそれであることにわたしが気づかないとでも思っていたのか。おまえの肺を染めた葡萄の実の潤んだ蒼空《そら》の広がる広場で、ひとり舞踏するおまえの軽やかな旋回と膝の柔軟すぎる屈伸のわずかなずれ、少女の被るような白い陽よけ帽を斜めに被って、その溶ける魚のような指の先端で帽子が落ちそうになるのを気づかいながら心もち首をかしげてみせるおまえの表情の驕れる陶酔が、見えないおまえの相方のつつましげに伸べられた腕のためらいを占有する。

　おまえは足を止めて見物の人々に、見えない相方を誇らしげに紹介するように再び相方の腕からすりぬけてゆるやかな旋舞を繰り返した。わたしが見物の人々の中にまぎれていることをおまえが知らないはずはないのだ。

　ダルレス　わたしの嫉妬の熾《おき》をかきたてるおまえのやせてとがった肩が揺れるたびに、胸のあたりにつきあげてくるおまえの髪の香りを吸いこんで、高なる動悸をわたしは抑えかねた。

記念塔

　ダルレス　おまえの名を幾度も書き散らした紙片を燃す青白い炎の舌にわたしは自《みずか》らの頬を寄せる。おまえの文字の燃えがらの微《かす》かな熱の静もりの中から、おまえの吐息《いき》の、声にならぬうめきがわたしの耳を撫でる。おまえがわたしに囁こうとしてためらったそのことばを、今度は留め金の壊れた窓をならす風の音が遮る。
　風は確かに、この部屋からその先端の部分だけが望める記念塔の吹きぬけをくぐってきたに違いないのだ。誰もが何の記念《ため》の塔なのかを忘れてしまった石の残骸の中をぬけた風が半ば忘れかけた夢を憶《おも》い出す時の胸苦しい澱《おり》の閊《つか》えを含んで、その紙片の燃えがらを震わせている。つい今しがたまでおまえのいた寝台のぬくもりの上に、その燃えがらの一部が舞った。

屋根裏

　ダルレス　わたしすら忘れていた屋根裏の一室におまえを導き入れた時、おまえはおよそ少年らしくない冷えた陶酔の余韻を、その薄青い鉱物質の眼差に装塡させたまま、ほこりを被ってくすんだ姿見《すがたみ》の背後に身を滑らせた。
　ダルレス、もはやおまえはその時すでに、姿見の中の見覚えのある少年の古着ののぞいている衣裳戸棚に紛れこんだルリシジミのもがれた下羽《したばね》だった……

……そのくすんだ鏡の中で、捕虫網を床におしつけたまま息を殺して乱れた網をほぐしながら、ひくひくと痙攣するルリシジミの最期の抗《あらが》いの試みを見とどけているる少年の眼差を覗きこんだ時、わたしはわたしを見つめかえすその眼の中に、永くこの屋根裏の一室に幽閉されていた男を見たのだった。

運河

ダルレス　街は祝祭が近づいていた。その抑え難い興奮の火箭《かせん》を放って、少年たちは口々に意味のわからぬ鳥の声を真似ながら、両腕を開いて運河ぞいの道をかけていった。

ダルレス、ほら、棺の舟。少年たちの踏むギャロップの華やいだ靴音と裏腹に、舟はしめやかな櫓のきしみを水底にしずめて、おまえの眼の中を滑る。

種種《とりどり》の花で埋められた舟は、むせるような色彩の香りを撒いて少年たちのあとを追った。運河に落ちた薔薇や芥子が岸に寄るけだるい時間の中にとり残されたわたしたちは、運河沿いの道を行く少年たちと、水の上を滑る棺の舟とが結ばれる遠い遠近法の見えない一点をのがすまいとするかのように、交わったわたしたちの手をしっかりと握りかえした。

ダルレス、わたしたちの祝祭はその時にすべてを終えたのだ。わたしたちは、その手の中で祝祭に供されたわたしたちの鳥を縊ったのだ。

小路

ダルレス　軒下に雨ざらしにされたシナの壺の闇をわたしは見た。窓ごしに覗いた甲冑姿の肖像画の罅割れた貌《かお》の窩《あな》をわたしは見た。舗石に落書きされた犬の陽物を踏んで遊ぶ少年たちをわたしは見た。崩れかかった歩廊のアーチに胸を削《そ》がれた聖母の憂愁《うれい》をわたしは見た。

それらの路地と路地とが交尾を繰り返すおまえの王宮

をさまよいながら、わたしはそこにことごとくおまえの不在の徴《しるし》を見た。

　ダルレス、その凋落の痣に染められた路地のどこに、おまえの真新しい揺り籃があるのか。おまえがそのやわらかな敷布《しきぬの》に初めてくるまれるその日までの恩寵の時をすごした白い闇を抱くように、わたしは小暗《おぐら》い路地の部屋でその女の腹に慰撫を繰り返した。

地誌

　ダルレス　博物館のその部屋のことを憶えているだろうか。石に閉じこめられた遠い、あえかな昆虫たちの鈍《にび》色《いろ》の微睡《まどろみ》を抱いているそれらの長い廻廊のような名の迷宮を、おまえはもつれる舌で巡りながら、やがてわたしたちは目的の場所に足を止める。部屋の行きどまりになっている展示棚の端に位置するその場所で、おまえは、何も書かれていない展示票が示されているだけの空虚な棚を見つめている。遼遠の時空の奥に開かれた虚空の洞《ほら》の前で、おまえが瞬時にしてみせた仮死の擬態。すぐ後ろにいるわたしの胸に背をあずけたおまえの媚《こび》の行為の意味をまさぐるように、わたしはおまえの薄い胸に震える手をまわして衣服の下の夭い地誌を確かめながら、おまえの真の名を受け継ぐのだ。その展示票の空白に記《しる》されるべきわたしの名を。

　ダルレス、ダルレリアデスよ。

（『採訪記』一九八八年湯川書房刊）

詩集〈星痕を巡る七つの異文〉から

星痕観測

＊

鞘走る季節の穂波をすり抜けて
音もなく　接がれた星の木の瘤に躓く蒼い鼬
反故の紙片ににじむ都市を遠く独吟する連歌師のように
そも句を吟ずれば乱星の図譜となり果て
ぼくらは歴世の空を巡って　遂に地を這うものらの呼吸
　を養った

蟷螂の眼も枯れ尽くして
ここは錆色の廃都　錆色の舌に載せて
一気に吐き尽くす虹の魚
漁りがたき韻のきららかな鱗翅の腹をにじり散らして
ぼくらは砕かれた闇の飛沫を浴びながら転び落ちていく

＊＊

触れ得ぬものこそぼくらの蠱惑なのだ
木箱のなかの雨季
ピンで留められた羽あるものたちの幼年
博物館はいつもなだれる郷愁にあふれた巨大な除湿器
その中に眠る柔らかい化石たち　魂の漂流物たちの傍ら
　を
花虻を追いながら迷い込んだ園丁が通り過ぎていく
その美しい裏声にのせて歌われる不遇の王たちの来歴
その系譜の中に瞑想の猿が紛れていたとしても
その蒼い脳髄にくるまれた星の卵《らん》を濡らす白い驟雨よ
過ぎ去った季節の踝《くるぶし》を巡って
麦高の道を滑走する変声期の苦い韻律を叩きながら
脱いだ殻の在処を隠すべく撒き散らされる修辞を彩るま
　で
剝製のツバメたちがオルガンの胸を擦り抜けるように
ぼくらの抽斗の中に忘れられたアオスジアゲハの傷んだ

羽を濡らせ

＊＊＊

図書館の地下に据えられた鞴《ふいご》
焚書は幾度も虹の言葉を暗涙のにじむ余白にもどし
ぼくらはもどすものもなく吐き続ける
疾走する修辞の切尖を
それは闇を裂くビュラン
もっぱらそれは星辰についての符牒として流布している
蜘蛛の巣の解《ほぐ》れて　風に揺れている隘路の処所に
それが通り過ぎた兆しのように
鶫の羽でもなく　鼬の毛でもない
鮮やかな茸の脆い肉片に被われた虹色の思惟のように
湿った森の奥に捨てられた夢の原器にまで
その星の腕は伸びていた
季節はそれが運んでくる　運んでくるばかりである
それでもぼくらは待ち続ける
星の痕と思しい発語の壜を振り続けながら

星宮記

……配所に幾度もの秋が巡りきても、鼬の腹の滑らかな冬毛のような若い王の記憶はなおもおれの裡で、鞠ほどもあった流星の出現によって都を追われたあの時のまばゆい異朝の白衣《しろぎぬ》にくるまれている。

星に問ふ憂き身の光かそけくて惑ひに更くる秋をすぐしつ*

　若い王は星と鞠の他は何物にも興味を示さなかった。ことに星についての知識は司天の輩どもを凌ぐとすら言われた。鞠についても司家の流儀にとらわれぬのびやかな我流をもって知られていた。
　若い王が父の院の離宮で遊宴に召されていた傀儡廻しのおれを譲り受けたのも、ただおれが「星丸」という綽名で呼ばれていたからに過ぎない。若い王はそんなおれに鞠を習わせ、やがておれを随身のひとりに加えた。おれの鞠を若い王はことのほか愛でた。しかしおれは王に拾われたことを少しも喜ばなかった。おれには稚戯に類する鞠に明け暮れる日常は耐え難かったし、何よりも王の光のない眼差が、しばしばおれの鞠の業をつゆ嘆賞する気色もなく、ただ中空をうつろう白い鞠の行方を追うことに執着しているに過ぎないことをおれは感じていた。

　おれが若い王から逃げ出さなかったのは鞠とともに王の命によって覚えた手習いに没頭していったからである。この貴人たちの業は鞠と比ぶべくもない幻惑の術のように思われた。手習いを通しておれは貴人たちの歌を覚えた。ことに若い王の歌を筆写する時はわれにもあらず心が震えた。王の歌を、その佶屈とした筆跡をまねてその中に閉じ込めてみると、不思議に、光のない眼の奥にかがよう心の裡が透けて見えてくる心地がしておれを惑わせた。そうやって若い王の心の裡を覗きこむことを覚えていくにつれて、次第におれの鞠を眺めやる王の姿が、ことばの皮膜をすりぬけていく希薄な影法師に見えてくるのだった。それはさながらおれ自身が王の魂を掠め取り食み尽くしていくような心地さえして、しばしばおれをぞっとさせた。そのことに比べれば、連夜、夜盗どもが貴人の館を襲い、衣《きぬ》や装品を奪うことはなんと心楽しい遊興だったことだろうか。

闇

くもりなき星の光ぞいくばくの望みも消えぬ世の果ての
闇のよにまよひの光ほのめきてさむしろぬらす袖の玉露*

　時として星を偏愛する若い王の歌が白い鞠を追っているおれの裡にふいと紛れこんでくることがあった。おれの蹴上げた白い鞠の中から、微光にくるまれた王の歌の破片がこぼれ落ちてくる幻影に誘われるままに、王の光のない眼差に引き込まれる心地がして、不覚にも一瞬白い鞠を見失ってしまうのだった。しかしおれの足は不思議と軽やかに見えぬ鞠をとらえて館の屋根を越えるばかりに空高く蹴上げては他の貴人どもを驚かせた。空高く舞った鞠を、王はほうと口を窄《つぼ》ませて、まるで綿毛を吹き上げるようにして見あげたまま、落ちてくる鞠には目もくれずにいつまでも天空を眺めやっていた。

月のすむ都は昔惑ひ出でぬ幾夜か暗き道をめぐらむ**

若い王は院の傀儡に過ぎなかった。星と鞠への偏愛も、むしろそれ以外のことごとくが院に召し上げられていたことを物語る証左といってよかった。院は地の都を制し、若い王は天の都を領すと、揶揄をこめて世人は語った。幾度もの聖地巡行、連夜に及ぶ離宮での遊興に耽る院の狂躁への執心から最も遠い所に王の心はあった。王が地の都で唯一執心した鞠も、傀儡廻しのおれに足蹴にされる白い鞠に己の境遇を重ねていただけのことかも知れなかった。

ただ、おれには解せぬ若い王の姿を一度見たことがあった。「星丸」の綽名のとおり、夜の都大路を意味もなくぶらついていた時だった。不意に音もなく夜盗どもと覚しき一団がおれの行く手から姿を現したと思うや、おれは目も綾な緋の武具を装った屈強の夜盗どもを従えて夜の都大路を疾風のごとくひた走る若い王の姿を見たのである。王は白い薄衣《うすぎぬ》の夜着を翻し、その後を武者たちが風に煽られた炎のように従っていた。おれは目を疑うひまもなく後を追ったが王の一団には追いつけなかった。声もなくその場に立ち尽くしていたおれは、やがて遥か行く手の大路の闇に、白い鞠のようなものがゆるゆると上り、その微光がやがて紅い炎をひいて星の空に紛れていくのを見たのである。もしそれが百鬼の仕業であるにしても、白い薄衣の王の痩身が蹴上げた鞠のように空に上っていった幻影は王の星の歌に縺《もつ》れあいながら、白い鞠を蹴るおれの脳裏をしばしばよぎった。

天中ニ光ル物アリ。其ノ勢、鞠ノ程カ。其ノ色燃火ノ如シ。忽然トシテ躍ルガ如ク***、

天空に忽然と出現した流星の夜だった。深更の館の縁に坐して王はひとりおれを呼んで鞠を所望した。篝《かがり》もない庭でおれはひとり白い鞠を蹴った。鞠を渡された時からそれがいつもの白い鞠でないことにおれは気づいていた。妙なぬくもりがあった。一蹴目には大猫を抱えた重さがずしりと足にこたえたが、蹴上げる度にその重さが失せていった。それにつれて鞠は徐々に高く上っていっ

た。やがて足が鞠の感触をすっかり失ってしまった時、おれはかつて経験したことのない空しさの中に引きずりこまれていくような心地にとらわれたのである。おれはついに漠々と開かれた空洞に向けて、思いの丈をしぼって最後の一蹴りに鞠を放った。鞠は白い光を発して星空に上り、やがて燃火を引いて果てていった。おれが現《うつつ》にもどった時には縁に坐していた王の姿はもはやなかった。

その夜以来の度重なる流星の出現とそれに呼応するようにおこった地震、院の離宮の焼失にさすがの院も畏れをなし、司天の輩どもを召して連夜の奇祭と祈禱を興行した。そのとどめが天空を領する若い王の廃帝と流罪だった。しかし、その理不尽な宣に王は抗わなかった。抗うはずもなかった。

若い王は配所に赴く前夜、異朝の白衣《しろぎぬ》を装ってひかえていた。しかし誰もその白衣に包まれた軀が王のそれでないことに気づかなかった。おれは随身のひとりが恭しくさしだした料紙に王の筆をまねる労もなく歌を記《しる》して随身に示した。

影揺する星都のしづく尋ぬれば魂《たま》の光ぞわが裡にすむ*

その夜もまた遥かな星の都から蹴上げられた鞠の光芒をはなって、紅い流星が都の空に走った。

註――*「星宮集」、**「秋篠月清集」、***「明月記」。

覇王記

I 廃都

眩いものの来歴はいつも闇の深さに彫《え》られた虹の刺《とげ》に貫かれている。覇王の武勲は殊にその眩さの故にかの〔地誌〕の中では激しい腐食にさらされて殆ど解読できなかった。狷介ニシテ峻厳、戦ヲ好ム、からくも読み取れるその数語の他は、後世の史家の空疎な措辞として、さながら王の恣な示威によって抹消されたかのようであった。蓋し、旧都の地下駅の建設現場から偶然発見された王の墳墓には武具どころか、王たるに相応しい遺品は一粒の玉も発見されなかった。史上類を見ない領土を誇る王国を建設した眩い来歴から逃れるように地下深く潜り込んで、その骨のほか一切を残すことを拒み、後世の〔地誌〕の言葉を消した覇王の名はいまもって明らかではない。

　旧都は急激な気候異変によって、今や乾燥した砂漠の廃墟へと変貌していた。かつて槐の美しい街路であった大路は砂にうずまり、あわただしく行き交う人々に代わって枯れ蓬の球が風に運ばれている。しかしこの百年の砂の侵攻をもってしてもこの高層のビル群を埋めることはできなかったし、大路の地下深くを縦横に巡っている地下鉄の廃道を損なうには至らなかった。むしろそれらの都市の遺物は、そこを棄てていった人々がかつての遥かな王国の記憶を甦らせるためにだけ建設した巨大な記念物のようであった。

　その男は何処からやってきたか。風に舞う砂を防ぐためにすっぽりと頭巾を被り、旧都の廃墟にさしかかると、とある建物の影に身を寄せて砂にまみれた外套と頭巾を脱ぎ、しばらくはぼんやりとそこにたたずんでいた。それはかつての図書館と博物館を併せもった建物で、遥かな王国の歴史を記した膨大な書物とその遺物がおさめられていた。今は空漠とした殻の中に砂の侵攻は一際激しかった。

　男はその建物の周囲を巡り始める。内部への入口を探そうとしているらしいが、うずたかく堆積した砂に阻まれて何処からもはいれそうになかった。再び正面にもどった時、辺りよりも僅かに凹んだ一帯に目を止めた。男は今度はその辺りを素手で掘り始める。砂は捉え所のない流体のように掘り進んだ分の半ば以上がしばらくするとずり落ちて、その作業は難渋を窮めた。

　その博物館兼図書館の膨大な資料が旧都移転の際に運び出された時、所謂〔偽の地誌〕と呼ばれる一連の文書が紛失した。王国の正史たる〔地誌〕よりも遥かに後代の無名の士によって書かれたと見られる〔偽の地誌〕は資料的価値の乏しい、ほとんど顧みられることのなかった文書であったが、〔地誌〕では激しい傷みによってほとんど解読不能の覇王の記述がかなり見られることで特異な資料であった。ただ多くの史家はその記述が全くの後代の創作であるとしてまともにとりあげられることなく地下の蔵書館の中に埋もれているはずであった。

関係者の中には、〔偽の地誌〕の紛失を半ば冗談に、それは覇王の仕業ではないかと言い出すものさえいた。蓋し、多くの歴史家は偉大なる王国の最も輝かしい王の武勲やその詳細な伝記のみが〔地誌〕の列伝の中に欠落していることに、臍を噬む思いで、それを狷介ニシテ峻厳な覇王の仕業と恨みがましくくやんでいたのである。

大がかりな図書館兼博物館の移転作業を指揮した関係者は、膨大な資料や遺物を前にして、口にこそ出さなかったがそれらが今更ながら王国のすべてであった覇王の不在をしか現さないものであることに苦苦しい徒労感を感じていた。それらの移転を終えてからっぽになった建物を眺めた関係者のひとりは思わずひとりごちたものであった。ここには初めから何もなかったと。

男が掘り進んでいった所は、旧図書館兼博物館前の地下通路らしかった。ある程度までは難渋を窮めた砂掘りの作業も途中からは砂の侵攻が途絶え広々とした地下通路の闇が開けた。男は闇の中でも目が利くらしく、ためらうことなく旧図書館兼博物館の地下入口のほうへ歩いていった。地下の部屋のなかには階上の砂の重みによって天井が崩れているところがあった。更に階下への階段を下ると、辺りはより一層広々とした空間が広がっていた。廃駅となった地下鉄のホームだった。

光を遮られた地下の廃駅の湿った闇の中で草がなびく。今は無窮の梯《きざはし》となって銀河の入口にまで伸びている軌道に耳を澄ませると微かに何かを叩くような、何かを擦《こす》るような音が聞こえてくる。近づいてくる気配もなく、また遠ざかるでもないその廃道からの交信をやめない意思のかたちを受肉するかのように、男は低く唸るように口籠り始める。その声は闇からの交信のリズムに合わさりながら歌となり、徐徐に音域を高め、ほとんど女性のそれにまで達していく。男はその微かな音を逃すまいとするかのように声を抑制しつつ、溢れてくる言葉に己を委ね、全身がその言葉によって癒されていくのを感じている。歌はほの白い微光の一筋を曳いて男の周辺を巡っては辺りの闇を少しずつにじませて、徐々に男の姿を浮かびあがらせていく。

II〔偽の地誌〕

我々の記憶に親しい王は、性剛にして繊細、豊頬優美の面差しを永遠に失うことはなかった。若き王の指は剛弓を軽々と引き絞る力をもちながら、眠る鷺の羽をそれと気づかずに抜いてみせることもできた。歌を能くし、我が王国の黎明期には自らの言葉で、おのが武勲詩を朗朗と歌った。その声は常人には決して及ばぬ透明な響きをもちながら、なおも百獣の勢を圧する雄渾な気韻に充ちていた。格調高雅にしてよどみない王の言葉は、その意を解せぬ王国の無知な衆徒をも感涙させ、王国の天地山河を酔わせた。王の振りかざした剣は、その歌によって龍の天を昇るがごとき力を付与され、王の放った矢は巌をも貫く勁さを具えるに至った。王の歌はまさに王国の充溢と高揚をもたらす鬼神の業であった。

かくして、我が王の治世にその領有する境界はめざましく広がっていった。望楼から見渡せる小さな集落から始まった王国は今では王自身の知らぬ鳥や獣の棲む蛮族の民までが王の名を呼び、王の弥栄を寿ぎ、訴訟の仲裁を求めた。

しかし、領土拡張によって王の遠征の旅が数か月に及ぶことが日常化していったために王の朗唱は稀にしか行われなくなっていった。王国の結束と高揚の弛緩を恐れた王は、留守の間、代わりの者を立てて遠征の武勲を歌わせた。そのために望楼に立つ常任の歌い手が選ばれたが、彼等は白兎《はくと》と呼ばれ、変声期前に去勢された少年たちであった。少年たちは非常に良く通る高音の響きを、特別の食事と特殊な訓練とによって磨き上げられ、いつも頭部にすっぽりと白くなめされた獣の皮を被り、その素顔を決して見せることはなかった。歌を吟ずる他は一語として語らず、望楼の上で伸び上がるように王の歌を歌う時以外は地を這う姿勢を崩さなかった。更に、彼等は直接王からの言葉を受けねばならなかったので連日のように遠征地と都とを往還した。

しかし、白兎の少年たちの声は所詮王のそれに比ぶべくもなかった。そのことは他ならぬ王自身が最もよく知っていた。それ故にこそ王は彼等に託すべき言葉をよく吟味し、それらをのせて歌う節回しにも心を砕かねばならなかったのは言うまでもないが、何よりもその歌に盛る王自身の華々しい武勲の成果を一層あげねばならなかったのである。

王の悲壮なまでの奮闘と武勲詩を練り上げる刻苦の甲斐あって、王国の領土はいや増しに拡大していった。ただそれとともに王の内部にかつて感じたこともなかった空虚な部分が巣くい始めていた。それは当初、針の穴のごとき黒点に過ぎなかったが、刻々と伸びてゆく王国の領土と競い合うように広がり、遂に覆いようのない黒ぐろとした底の無い闇にまで達していた。

それは幾度目の遠征の時であっただろうか。行けども行けども果てぬ曠野を王の遠征軍は進んでいた。もう一月も蛮族を見ぬ日々が続いた。王は馬上でかすかな眠気を感じながら、自分が何処へ向かっているのかふと判らなくなってしまう意識の弛緩に間欠的に襲われていた。時に都の王宮が行く手に現れ、凱旋を迎える人々の歓声が風に乗って聞こえてきた。王はその幻影がただ眠気のためばかりではないことを知っていた。いやむしろこの眠気そのものが王自身のさえざえとした思惟の擬態であったのかもしれない。王は軍を進めながらただ一事のことのみを思惟していた。即ちおのれの思惟の地平を越えて漠漠と広がっている無窮という怪異なる異域を。その異域をわが領土に従えながら進攻しているはずが、実は漠漠たる異域の臓腑の中にわが王国が流れ込んでいるのではないかという漠然とした疑念が、切実にわが懐かしい王宮の、行く手に現れんことを欲していたのである。王はただひたすら都の幻影を行く手に念じながら行軍を続けていた。更に一月、王は毎日のようにわが都の王宮の幻を見た。ところが次の一月が始まろうとしたとき、王は行く手の王宮が少しずつ変貌していることに気づいたのである。そして遂にその一月が終わろうとするその日、王の眼前にかつて見たこともない灰色の堅い泥の街が現れたのである。その時わが王は陶然としてその幻影の中に身を委ねていた。不思議に恐怖も驚愕も感じなかった。むしろ、この数か月間脳裏の隅にもかすめなかった歌が不意に王の全身を巡り始めたのである。それは王自身が刻苦して練ったそれまでの歌とはまるで違った節回しであった。滾滾と尽きぬ水脈のように言葉が溢れた。その言葉も王の知らぬ異界のそれであった。その言葉は眼前の堅い泥の街のほうから聞こえてくる。わが王はただかすかに唇を開くだけでよかった。王は剣の柄《つか》を指で叩きながら、馬具の縁を足で擦りつけながら、その歌を朗唱した。その歌が絶頂に達しようとしていた時であった。

　灰色の堅い泥の街の幻の外側では、枯れ蓬の球の転がる曠野に突然現れた蛮族の一群が王の軍に向かって果敢に襲いかかろうとしていたことに、陶然と至福の時をむさぼっていた王が気づくはずはなかった。ただ王はその溢れる言葉が不意に闇の彼方に消え、その闇と共に、わが身が、この数か月間王を脅かしてきたあの漠漠たる異域の臓腑のなかにひきずりこまれていくような白い虚脱感を目の奥に感じていた。

　王は幾度目かの遠征を最後に自ら陣頭に立って異域に赴くことをやめたが、それでも王国の領域はその副官たちの遠征によってとどまる所を知らず伸びていった。初めは王の親族で固められていた副官たちは今は野心と猜疑と欲望とで行動する顔の無い影どもにとってかわっている。時折王自身もおのが影を見て怯えることがあった。王宮の庭を散歩している時、自らの下す判断を庭の甃《いし》の上に落ちたおのが影に仰いでいる自分にぞっとすることがあったのである。

　王国は漠漠たる無窮の地平に拡散して行き、無限に膨らみ続ける王国の果てを思うとむしろ自らの王国が空無という砂の堝の底に沈み込んでいくような気がした。おのが王国の高みであった望楼は今や地を這う卑しい白兎の舞台となり果て、その望楼にさえ上ることももはやかなわなかった。

王自身の遠征が途絶えてからも、見知らぬ異域からもたらされる副官たちの武勲詩の朗唱は白兎の少年によって続けられたが、もはや日常の儀式と化した武勲の歌は、並みいる白兎たちの声の優劣を競うものとなり、王自身の関心も副官たちの報告を空しい修辞の綾で装う些事の域を越えなかった。王は望楼の下で簾によって遮られた場所で白兎の歌に聞き入る人々をうかがっていたが、それは自ら草した歌に酔う人々を確かめるためではなかった。むしろ王たるおのれの中にその歌にいささかも酔えぬ心の異域を悟られまいとしてのことであった。

わが王は刻々と延びて行く王国の幻影に冷めていくおのが心を癒すために、あえかな草の実や木の実を慈しむようになっていった。それらの紅や瑠璃の実がその内部に向かって充ちていく形を夜毎の夢に見た。わが指につまれた潤んだ草の実の充溢せる宇宙の中にわが身を感じる時ばかりが、束の間の安らぎであった。しかし、王の指はいつもわれ知らずその草の実を潰してしまうのであった。眠る鷺の羽をそれとは知らぬ間に抜き取ることのできた王の指は王の内部の齟齬を最も鋭敏に嗅ぎ取っているかのようであった。外に向かって無限に膨らみつづけている王国と限りなく内に向かって縮んでいくわが心との癒しがたい空隙は、王の甘美な夢想をすら許さなかった。

もはや王に許されているのはおのれの墳墓の造営しかなかった。先例に従ってすでに王の墳墓は都を見霽かす高き山の頂きにその造営を終えていたが、王はそれを廃し新たな墳墓を計画した。新たな墳墓は都の地の底深くに作られたが、その造営工事は王の命に従って、秘密裡に進められたため、それに携わった者たちもその工事が王の墳墓の造営であることを知らなかった。事実、偉大なる覇王の墓というには余りに貧しく簡素な闇の密室にすぎなかったのである。

王は時折その地下の密室にひとり閉じこもって時を過ごした。ひやりとした闇の冷気が心地好く、その舟の形をした石の棺の中に身を屈めていると妙に心が安らいだ。不思議とおのが身体が若やいでいくようだった。もしかしたら、王はこの闇の舟の中で生誕し、その時から終《つい》に一度もそこから出ていくことがなかったのかもしれない。王の身体を駆け巡っていった武勲の数々は、この闇のなかで王自身が見た夢であり、この闇の舟の中であれらの武勲詩は紡がれたのかもしれない。

いつもその季節になれば乾燥した西風が都の城壁を越えて大路を吹き荒れたのだが、その年に限ってそよとも吹かず都の温気は居座ったままだった。加えて辺境からの遠征の成果の報告もぴたりと途絶えた。王国の辺境で何が起こっているのか、不安に思う者はまだ誰もいなかったが、ひとり王だけはその異変を敏感に受けとめていた。しかしそれは不安というよりもむしろ王はその時を待ち焦がれていたようにそれまでの安逸の時間に眠っていたかつての王国黎明期の血が突然噴きこぼれたように目覚めたのである。

王の予感に呼応するようにある日、突然日中の陽が陰り始めた。蒼天がみるみるうちに暗い影に侵され、陽は漆黒の盆のように空に張りついていた。光を失った陽は焼け焦げた木偶の頭のように無力だった。王はこの時、おのが裡に病巣のように広がっていた空虚の正体を目の前に突きつけられているような気がしていた。空に張りついている黒くうすっぺらなものが王の不吉な運命を予兆しているのではないかという賢者どもの囁きを待つまでもなく、王の姿は忽然と都から消えた。その前夜、王は副官に初めて地下深くに造営した闇の一室をわが墓とするように命じることを忘れなかった。

王は密かに白兎の頭巾を被り辺境に向けて旅立っていた。いつもと変わらぬ王国ののどかな時間の中を白兎を真似て地を這うように駆けていった。王はそんな不自然な姿勢でかくも身軽に駆けて行けるのが自分でも訝しかった。しかし、自分が卑しい白兎の身に貶められたような屈辱感もまたなかった。むしろ、長い間忘れていたおのが力のみなぎりが身体に充溢してくるのを抑えがたく、休息をとることも惜しんで疾走した。

　しかし数か月、数年が過ぎてもまだ辺境は遥かな星を追うように近づかなかった。王はしかし徒労をつゆ感じなかった。やがて王国は不毛の荒地に入った。岩と砂と枯れ蓬の玉の転がる漠漠たる風景が広がる荒地であった。

　さらに数年が過ぎた。とある砦の兵は、しかし辺境に至るまではまだ百の砦を過ぎねばならぬと答えた。王は更に進んで百番目の砦に辿り着いた。それは砦と言うよりも僅かに凹んだ穴であった。その穴の中に一人の男がうずくまっていた。男は王の気配を感じたのか、おもむろに顔だけを王のほうに向けて見上げた。男はうずくまったまま何かをしっかりと抱いているようだった。どう見ても兵士にはみえなかった。武具も何ひとつ備えていない。


　この穴がわが王国の果てなのかと王は男に尋ねるでもなく呟いた。男は黙っている。王は再び言った。この先に何があると。今度は男が王に答えるでもなく呟いた。灰色の堅い泥の王国があると。おまえがわが王国の僕であるなら何故それを都に知らせぬのか。男は答える、我は人にあらず、ここに朽ちし槐の木なり、もし我を人と見るならば、我は汝の影とならん。そう言い放つや、男は王の沓《くつ》の下に吸い込まれるようにして消えた。ふと気づくと僅かに凹んだ穴の中におのが影があり、その足元には、紐で結えられた紙片の束が半ば砂に埋もれていた。それは王の未だ知らぬ奇妙なことばで綴られた紙片の束であった。

　王はわが王国の果てなるその僅かに凹んだ穴を掘り始める。砂地は意外に柔らかく、まるで砂に埋もれた所を掘り返すように、容易に掘り進むことができた。しばらくすると不意に広々とした通路が広がった。まさにかの男が呟いていた灰色の堅い泥の王国への通路に他ならなかった。

　王は更に深い闇の道を降りて行き、やがてそれは小さな密室で行き止まりになった。闇に慣れた王の目はそこに見覚えのある石の棺のようなものをなぞっていた。王は更にその中に横たわる亡骸を見て思わず息を飲んだ。それは他ならぬ若い王自身の亡骸だったのである。それはつい今し方横たえられたもののように豊頬の表情を失わず、胸には鏃《やじり》の跡らしい傷跡が柘榴の割れた実のようにまだ疼いているようだった。王はその場にうずくまり自分の鼓動を確かめた。遠くの方で、何かを叩くような、何かを擦りつけるような音が聞こえた。しかしそれは身体の裡からではなく、もっと深い闇の彼方から交信を続けてくる。

ソウダ、アノ幾度目カノ遠征ノアル日、オレハ蛮族ノ放ッタ矢ガ無警戒ナ若イ武者ノ胸ヲ貫イタノヲ憤ロシク見テイタ。鈍イ痛ミガ胸ノ辺リニアッタガ、ソレヨリモワガ王国ノ武者ガカクモ無様ニ蛮族ノ手ニカカッテツイエタコトヘノ腹立タシサニ己ヲ忘レテイタ。その時のことが苦い夢を思い出すように王の脳裏をよぎった時であった。堰を切ったように言葉が溢れ出た。歌が今まで耳にしなかったような至福の声で響きわたった。ソウダ、アノ時アノ若者ハ己ノ身体ヲ己ノウタニ委ネテイタノダ。コノ歌ヲ聞イテイタノダ。剣ヲ抜コウトモセズ、ソノ手デ剣ノ柄《ツカ》ヲ叩キナガラソノ足デ馬具ノ縁ヲ擦リナガラ溢レ出ル言葉ニ身ヲ任セテイタノダ。その時、真っ白な虚脱感が目の奥の方へ潜り込んでいくような意識の霞をとおして、若武者が馬から緩やかにずり落ちていくのが見えた。そばに従っていた武者たちが口々に何かを叫びながらその男の周りを取り囲んだ。

(『星痕を巡る七つの異文』一九九一年書肆山田刊)

詩集〈ジパング〉から

採星術

わが親方《マイスター》に初めて呼び止められた日のことを思い出す。

それは浴場の帰り道だった。

見事な黒子《ほくろ》だと、親方は南風《シロッコ》のような溜息をもらして言われた。

背に掛けた薄衣《キトン》越しに私の背をしげしげと見つめ、ぶしつけに両肩をつかむと、今度は私の背にあるという黒子に顔を擦りつけんばかりに寄せてくるのだった。背中の黒子など覚えはなかった。無礼で、いかがわしい行為にもかかわらず、私が親方のするがままにさせていたのは、私の肩をしっかりつかんでいる親方の手に、超え難い精神の列柱を打ち込まれたような眩い一撃を感じていたからに違いないと今になって思う。

羽を痛めた鳥の求めるものをわが親方は持っていた。

黒子は星を娠むということをおまえは知っているか。殊にこの黒葡萄と呼ばれる黒子は隕星を多く含んで、それは見事な眺めなのだ。おまえもこの穴を覗いてみたくはないかね。親方は私の背の黒子を覗き込んだまま私に語りかけた。

＊

私の背を鏡に映しても、友に見せても、どこにも黒子は見つからなかった。けれども、たぶらかされたという思いはなかった。むしろ、密かな場所をひとりの人に知られてしまった恥ずかしさを私は感じていた。

＊

かつてわが親方が星を採る姿勢について講義された折り、自らそのポーズをとって示された。地面に屈み込んで頭をすっぽりと股の中に入れた後、亀が這うようにゆっくりと頭を更に背中にまで持ち上げたまま、星を仰いで言われた。屈むという所作はどこまでも、変身の機を窺う呼吸を失ってはならぬと。蛹、花の蕾、胎児、獲物を狙う猛禽のしなやかなその姿勢、波に舐めとられた岩の形、何よりも卵形こそ屈むことの至上の形であると。

＊

（星が）空に在る時はうち捨てておけ。肝要なのは屈むことによって、地に墜ちる一点をあらかじめ空しくすること。その一点を虚空に膨張させること。それによって宇宙はわれらの破片を抱き取る。

＊

それから私は屈むことを習い始めた。俯くことはたやすい。けれども、屈むことはいつも何かを生み出そうとする、いや絞り出そうとする邪悪な雑念を伴った。私はしばしば脱糞して、親方の失笑をかった。

＊

ある時、私は親方に尋ねた。

屈むことは屈服することではございませぬかと。

親方は言われた。

然りと。

屈服と見紛う姿勢を恐れてはならぬと。

何に対して屈服すると言うのでしょうかと私は尋ねた。

親方は言われた。

あらゆるものに。

屈むとは、すべてを擲《なげう》って、失うことを肯《うべな》うに他ならぬ。

しかしてその時、われらは何者でもなくなる。その虚空に宙吊りになったことをもって、われらは初めて、採星という行為の本源に触れることになるのだ。星巡る空をにじりながら、恍惚のなかに逍遥することができる。即ち、何者にもなり得るという、宇宙の始源を自らの内に抱え込むのだ。

＊

私は実際にわが親方が星を採るのを見たことがなかった。そのことをそれとなく訴えると、いつも、それは人に見せるものではないと、にべもなかったが、ある時、こうも言われた。余が未だに星を採る機に恵まれてはおらぬとおまえは疑っているのではないか。ある意味においてはその疑念は間違ってはおらぬ。余も同じ疑念を抱いているのだから。余が星を採ることが、かつてあったかも知れぬ、なかったかも知れぬ。それは誰にも判らぬ。何故なら、採星は新たな生を受け継いでいくための再生の術なのだから。

われらはやがて脱ぎ捨てられる殻でしかないのだから。われらは永遠にその機の熟するのを命ぜられてあるのだから。

＊

屈むことを学習した後、私は更に腰をわずかに浮かして、股に入れた頭を背中にまで持ち上げる修練を積むことになった。この秘術はとてつもない困難を伴った。

私が股の下でだらしなく途方にくれていた時、親方は言われた。

星を採る姿勢の本源は裏返ることに他ならぬ。

試しに、囊《ふくろ》を裏返して見よ。

かつて裏側であったものが表に、外側であったものが内側にすり替わる瞬時をわれらは見過ごしてはならぬ。即ち、かつて囊の内部であった小さな宇宙が、忽ち遼たる大宇宙を飲み込むのを。言うに及ばぬことであるが、囊に閉じられた小宇宙とはわれら星採る者の魂の謂であると。

股の下から覗いた親方の逆さの顔が、私の股間の哀れな膨らみに重なって見え隠れしていた。

＊

わが親方はまず私に、声を裏返すことから始めるように勧めた。裏声を鍛え、胸声と裏声との識別が不可能になるまで、私の鍛錬は続けられた。親方に倣って、私は昼夜その独特の発声法と呼吸法をたたき込まれた。

決シテ、イキンデハナリマセヌ。声ヲ出ソウトシテハナリマセヌ。自ラノ内部ヲソット喉デ撫デテヤル心持チガ肝要ナノデス。

耳元で囁く親方の裏声はいつかしら女のそれになりきっていた。

私は親方の最愛の弟子だったので、その意図は自ずと判っていた。

声を裏返すことは単に自らを女に擬することではない。

男でも女でもない。その識別不能の時間を愛撫すること。開いた花弁を蕾に閉じこめ、割れた卵をその罅《ひび》の跡形まで完璧に拭い去ること。

私と親方の愛の二重唱はいつしかどちらが誰の声とも識別できないひとすじの蜿《うね》る虹となった。

＊

裏声に熟達した私は、再び採星のポーズを繰り返し試みる日々に戻った。胸声と裏声の境界を滑らかに越える術は、やがて私の骨格の髄にまで沁みていくように思われた。自在な関節と筋肉とをもって、私の頭部はようやく私の尻を越えることができたのである。

見えました、親方、見えましたよ。

自ずと私は少女のような裏声で叫んでいた。

初めてじかに見る私の地平は月のように白かった。おそるおそる手で触れてみると、蛇の腹のようにひやりとしてよそよそしかった。

おまえが今見ているのはおまえの背ではない。

おまえが今触れたのはおまえの肉体ではない。星の皮膚なのだ。

それきり、親方の声は遠い彼方に押しやられた。

＊

徐々に開けてくる星の地平に、親方の見た黒子が見えた。親方はかつてそれを黒葡萄と呼んだが、それは中心に向けて放射状に縢《かが》られたような無数の皺のある黒い窪みのように見えた。

顔を近づけると、その黒子がゆっくりと呼吸するように動いているのがわかった。それはやがて私の視界を領していき、私はその穴の中を覗き見たのである。

＊

内部は妙に騒がしかった。

親方が言ったような、隕星の巡る空ではなかった。

かわりに巨大な天幕が張られ、見せ物小屋の、猥雑で濁った明るみの中に、半裸の男が採星ポーズをとって、自らの背中に顔を寄せているのが見えた。周囲の暗がりの中で、観客のどよめくような、野次とも歓声ともつかぬものが男を包んでいた。

*

不意に観客のどよめきが静まった。

その男の頭が彼の背中に消えたのを人々は見たのである。

やがて、男の肩が、胸が、続いて背中に吸い込まれていくのが見えた。

観客は息を詰めてそれを見守っているらしかった。

私は更に男の全身が彼の背中に消えてしまうのを見届けようとして、私の背中の黒子の皺を押し開き、その窪みの中に顔を押し込もうとした。

窪みの穴はまるで、私の声を自在に裏返した喉のように、私の頭を、私の肩を、私の胸を飲み込んでいき、ついに私は裏返ったのだった。

彼方から、喝采と口笛の空騒ぎが追っかけてきた。

耳目抄巻第四第二　播磨守、夢に杏《あんず》を食ひて横死したる事

——異国《とつくに》にては、apricot その白き花によりて臆病なる愛を、実のおもてにあらはるるあはきひとすぢのくぼみ、少女の秘部に似るとて……

（「和漢洋果実総覧」による）


綾丸。この優雅な遊芸童子については、「耳目抄巻第四第二」にその記述がある。

香ぐわしい衣裳の袖からのぞいている、透き通るような腕のなかを、浅葱《あさぎ》の水脈《みお》を低くひいて流れる静脈。少年に相応しからぬ口の紅を拭ってしまえば、ひときわ気韻に乏しい絵柄の童子に過ぎないのだが、綾丸が、エオーッと一声、澄み渡るソプラノの掛け声を発するや、にわかに見物の衆は首の後ろから、おのれの頭の芯に向けて、一筋の真清水《ましみず》がつと上りくるのを感じるのである。

やがて、その真清水に拭われた眼は、輝く童子がゆらゆらと揺れながら一尺ばかり浮き上がっているのを、いささかの不思議もなく映している。よく見ると、童子は片手に白い綾糸を持ち、その先には小さな青い金属光沢の

ある虫、おそらくハナムグリの一種と思われるが、それが童子をぶら下げているという塩梅である。童子はよく通る澄んだソプラノで経を誦している。経に従って、ハナムグリはふらふらと空を目指して上っていく。しかし、今度は童子は一尺ばかりの所を動かない。糸の方が童子の指から伸びていく。糸はまるで、指から紡ぎ出されるごとくに際限もなく伸びていく。やがて、ハナムグリが見えなくなり、見物の衆の首が痛くなる頃に、彼等が痺れをきらしてふと糸の出所である指を見ると、糸が伸びるに従って、童子の指が消えているではないか。すっかり、手首から先が透明になってしまうと、片方の手でその糸を持ちかえ、ひくひくとその糸を引いてみる。すると、それは鋼《はがね》のようにぴんと張って、風にさえ揺るがない。

——虫はようよう天界に着いたと見える。

綾丸は大人びた声音をつくって、そう言うと、見物衆の中の貴族風の男に、天界で何か所望のものはございませぬかと尋ねる。

——ただし、私のこの掌にあまるものは御遠慮願いたい。

とにっこり注文をつける。

——天界の杏の実がお望みとおっしゃる。お安い御用。

と言うや、またその糸をひくひくと二度軽く引っ張り、一呼吸おいて、エオッとさっきの妙な声を発して、今度は思いきり引っ張ると、糸ははっと消えた。と思うや、空から何物かが墜ちてくるではないか。童子はそれを眼にもとまらぬ所作でもって受け止めると、消えていたはずの手が手首の先にあって、しっかりと杏の実を握っている。

——天界では未だに杏の熟れ具合はよろしくないらしい。こんなに小さく青い実で申し訳もございませぬが。

では、あの小さな虫はと、問われるまでもなく、それはもう片方の、さっき糸を引っ張っていた手の中で眠りこけているのである。

見物の衆は賛嘆の声をあげることを忘れているほどだから、一尺ばかり浮き上がっていた綾丸が、既に地面に着地しているのに気づくはずもない。

ところで、さっきの貴族風の男はと言えば、綾丸から手渡された小さな杏の実を手で少し弄んで、それを日に透かして見た後、口に含んでみた。そして、おそるおそるそれに歯をあてて、これは確かどこかで覚えのある味だといぶかしく思いながら、口中に残った杏の種をまさぐっている様子である。

＊

ざっとこんな調子で、綾丸は虫を操り、胡蝶を舞い、歌を謡い、楽器を弾いて遊芸を尽くすわけであるが、実は、話はここから始まる。さっきの術のなかで、見物衆が綾丸の一声に、真清水が頭の芯に上りくるのを感じると述べたが、これを〈系脈〉と呼ぶ。所謂カタルシスを起こす情緒の系のことである。それは、各自によって異なるのだが、その差異は系脈を走る真清水の色に最も表れる。勿論、真清水に色がついている訳ではない。ここが肝要なのだが、その真清水が、系脈を走る時、それが彼の眼にわずかに反映し、ある鉱物の結晶（珠）を通してそれを見ると、様々な色彩に変容するのである。色彩のみならず、その色彩の濃淡が、その結晶の中に、彼の情緒の綾模様を描くわけである。それを〈綾目〉と言うのだが、その模様を写し取ることによって、彼の命数を自由に操ることが可能なのである。仮に綾丸が、見物衆の中の任意の一人の眼を凝視しさえすれば、彼の命数は綾丸の〈脳髄〉に仕組まれた珠に系脈のコードとして記録されることになる。要するにその写し取られた珠を潰せば、万事休すというわけである。

綾丸は、その系の組織を甘美に凍らせて写し取るために生み出された暗殺の道具と思えばよい。

＊

しどけない格好で男の膝に伏して、人形は瓶に詰めた珠虫のように干乾びている。捻れた首、だらしなく垂れた腕、うつろな眼、童女でもないのに白襲《しらがさね》の汗衫《かざみ》をふしだらに着て、そこだけがつやつやと濡れている綾丸の髪を、播磨守の指がまさぐっている。不快な小昆虫を探し出すやに見えるが、おもむろに力を入れて丸の髪を摑むと、綾丸の頭部はぽっかりと割れる。守の指は、その中から虱のかわりに小さな珠をつまんでいる。それを光にかざして見入っている。

しかし、「耳目抄巻第四第二」のページの九ポイント活字の〈珠〉という文字をルーペで入念に覗いても、残念ながらそれがいかなる種類の鉱物かは判らない。

播磨守は、それを今度は口に含んでみる。そうやって、守はどれくらいの要人を暗殺してきたのであろう。播磨守の口のなかで、珠は鉱物から果実へ、鮮やかに熟れる。

しかしこの度の珠はいつもと違うはずである。格別であらねばならない。十人は下らない、守の犠牲者のなかには、幼帝や、やんごとなき大臣もいたが、今度の暗殺の対象である中宮は、名にし負う美麗の姫である。

播磨守は一度きりだが、まだ彼が綾丸を使う暗殺の仕業に染まる前のこと、少女の頃の中宮を見たことがある。とある試《ため》し舞《まい》の折りに、胡蝶の舞にいたく心を動かした中宮が、舞手の少将の君を呼んで、御簾を上げさせた時にちらりとかいま見たのであったが、その時、守は思わずおのれの首の後ろから例の真清水が走るのを感じてひやりとした。それほどまでに美しく妖かしい匂いの少女であった。他ならぬ、綾丸は密かにその少女の容顔に似せて作られた人形なのである。

播磨守が、綾丸にその御前で胡蝶を舞わせ、中宮の綾目を写したその珠を潰すのを、一日おいたのは、故《ゆえ》のないことではなかった。

一日おいたその夜、播磨守は夢を見た。

河原である。雑多な下衆に囲まれて、綾丸がハナムグリの術を始めている。いやそれは中宮の少女のようでもある。よく通る澄んだソプラノで掛け声を掛ける。その下衆の者どもに混じっている自分をいぶかしく思いながらも、守は、少女を一目見た時のように、首筋から頭の芯に真清水が走るのを感じていた……。

*

……播磨守は、昨夕の夢の自分に促されるように、その果実と化した中宮の系脈の珠に歯をかけた。

——酸イ、マルデ未熟ナ杏ノヨウナ………と胸の内で呟いた時、それがどこかで覚えのある味だと思う意識が、再び首筋のあたりを上りくる真清水に一気に薄められていくのを播磨守は感じていた。

＊本篇の一部は「聊斎志異」の一篇「偸桃」にヒントを得
ている。

（『ジパング』一九九五年思潮社刊）

詩集〈翅の伝記〉から

鞘翅目《しょうしもく》天牛科《かみきりむしか》

　とりわけ針で留められたその標本は　フ
レーク状の知の繊維に異星の言葉を透かし
見るための形質　即ちわれわれの内部に闇
の穴を穿つという物語の形質を備えている
　所謂物語の発生は　硬い上翅の内側に畳
まれている天象を懐疑してやまない二本の
触覚の距離に求められる　それは地象に紛
れて　擦り切れ　ねじれ　或いは　付加さ
れ　歪曲され　ついにはその髄を砕かれて
放散する
　故に　仮に物語の原器というものを想定
するならば　標本箱に記された採集日の空
のアポリアを眼差す　あの一対の複眼の奥
にこそ据えられるべきであろう

島嶼《とうしょ》のサル　或いは　翅《はね》の伝記

この島嶼一帯に棲息するサルの種の、倒錯的な発育パターンは、何よりも食餌行動に顕著にあらわれる。成熟の年齢に達すると、ほとんど食餌行動をとらない。観察によれば、食餌行動にそそがれるべきエネルギーのすべてを遊戯的な行動にすりかえているように思われる。遊戯に夢中になるあまり、食餌行動を忘れてしまっているという言い方もできよう。

一方、子どものサルには、不思議なことに遊戯的行動が欠如している。もっぱら遊戯は大人のサルの特権であるかのように。この点が他のサルとの大きな相違である。未成熟なサルの哲学者ぶり、瞑想癖は興味深い。深い瞑想の時間の次には、それと対蹠的な激しい食餌行動が小さな体軀を飽くことなく責めたてる。樹上に枝葉を敷きつめた昨夜の寝床に座して沈思黙考する時間と、その次にくる、がむしゃらな食餌行動の間歇的なこの繰り返しの、瞑想の果てにあるものから逃れるために食べ、食欲の飽和を瞑想のエネルギーに換えて燃焼させるこのシフトは見事なまでに無駄がない。その小さな頭蓋が食餌と瞑想の狂おしい幼少年期を持ちこたえているのは驚異である。

食餌である葉を食べる音はすさまじいおしゃべりのように聞こえる。観察の初期では、てっきりサルの声だとばかり思っていたほどに、低い呼吸音が葉をむさぼる音と混ざり合って、悲痛な苦役に耐えているように聞こえた。勿論それは根拠のないいたずらな感情移入に過ぎないが、かつての博物学の時代に、人間に引き寄せたサルの図像を示して、異境への好奇心を掻きたてた例を一概に笑うことはできない。未知なものの存在は、絶えずわたしたちの存在にとって脅威であり、わたしたちを映す鏡像でもあるからだ。それほどこのサルの存在もまた、わたしたちを脅かし、引きずり込もうとする危険な誘惑を秘めていた。

この年少のサルが成年に達する象徴的な一瞬に初めて遭遇した時のことを忘れることはできない。いつものように、激しい食餌行動のあとに訪れる瞑想に身をゆだねて、微動だにせずに樹上に座していたサルが、不意に全身を震わせる。体のバランスを失い、長い手足がてんでばらばらに動いて、その次の瞬間には、尻尾と足で枝にぶら下がり、逆さまになった姿勢で、手に何かを持っている。一瞬何が起こったのか理解できなかった。

サルが手にしているのはトンボだった。

これまでの観察によって明らかになったように、このトンボは翅脈に毒を通わせている。サルは捕らえたトンボの小さな複眼を啜り（おそらく啜るような仕草をしているのであろう）、透明な毒の翅を器用に毟り取ると、樹上近くのよく陽の当たる所で、それを透かし見るような仕草をする。わたしもこの毒トンボの翅を標本にして、しばしばその精巧な緑青の翅脈の縦横に走る紋様の類のない美しさに見入ってしまうのだが、この翅の美しさがサルにもわかるのだろうかとたわいもないことを考えて時間を過ごすことがある。

そうやってしばし翅を透かし見たあとに、サルはそれを、できるだけ樹林の密度が疎になって、光が十分に差し込んでいるところを選んで、落としてみるのだ。しかも、一枚ずつ、それが見えなくなるまで行方を追ったあとに、次の一枚を落とすのである。わたしは樹下に身をひそめて、サルが落としてくる翅のきらめきに我を忘れている。

こうして、トンボ捕りを覚えたサルは大人の仲間入りを果たすのである。それ以後は一つ一つの行動に装飾的な動きを付け加え、やみくもに動き回る。まるで他のサルとは成長を逆に遡るかのように、大人のサルの遊戯的な生活は、極端な食餌行動の減少にまで行き着く。食餌行動も遊戯の概念の小さな領域を占めているに過ぎない。その象徴的行動が毒トンボの複眼を啜るという仕草に見られる。取るに足りないトンボの目玉を啜ることに、どんな合理的説明も不可能であろう。これは明らかに、食餌行動ではなく、その擬似的なもどき行動である。

しかし、毒トンボ捕りの行為とサルの狂気じみた逆さまの生涯とは、何らかの関係があるように思われてならない。

　サルの眼に宿る「憂い」。それは成熟・未成熟とにかかわらず認められる印象である。どんな比喩も突き抜けてしまう「憂い」。わたしたちの「憂い」よりももっと瞑想的で、宇宙的だ。このサルの種に組み込まれている「憂い」がいったいどこからもたらされたのか。生き急ぐ自らの種ののっぴきならぬ狂気から、この眼だけが免れているように。いや、それも錯覚に過ぎないのだろうか。狂気は、他ならぬこの眼の「憂い」そのものから指令されたものかも知れない。

　そうやって、サルの眼差しについて考え込むのは、決まって年少のサルの瞑想の時間を観察している時である。まるで、年少のサルもまた、同じように自らの狂気を憂えているのではないかという思いにとらわれているかのように見えてしまうのだ。

　毒トンボ捕りは、ちょうど瞑想の飽和状態にまで高まった時に起こる決壊の瞬時に現れる聖戯のような象徴性を帯びている。樹冠の疎になった部分の明るみを求めて上昇してくるトンボの翅のきらきらとした光の粒が、決壊を促す融点を既に越えたことを知らしめるのだ。サルはトンボを捕らえ、無造作にその複眼を啜ってみせる。まるで、瞑想を研ぎ澄ませて暴走する自らの眼差しを封印するかのように。毒トンボの翅を慎重に毟り、それを光に透かしてその翅脈に見入る眼差しに差し込む光は、ほとんどわたしたちの捏造した思惟の光であることを告白しなければならないが、それでもなお、サルの憂いに覚醒の光が兆していることを明瞭に示していると言えるほどに、サルの眼差しはそれまでの瞑想の皮膜を拭われ一変する。まるで、瞑想を重ねてきた幼少年期の濃密な時間が、その翅の軽さに測り合うことへの驚愕、あるいは、それまでの自らの瞑想のすべてが既にしてその翅脈を巡らした翅に描かれてあったことに対するある啓示のようなものを、そこに読みとることができる。サルが落とす翅は、彼らの伝記であり、瞑想が時間の露を含むだけの毒を重力に換える装置であることを確かめるために、くるくるとくるくると回転しながら落ちてみせるのだ。

生き急ぐサルの生涯にとって、生殖行為はもっぱら秘技を尽くした遊戯的完成度を競い合う行為であると言えよう。正直に告白するならば、いったいいつどこで、どんなふうに交尾しているのか、未だに不明である。そもそも、雌雄の区別はどこに求められるのか。外形には雄の生殖器すら見えないし、発情の印を尻の色によって知ることも有効ではない。生き急ぐことは、生殖行為を遠い点景に押しやる不意の微風が、彼らの脳髄を巡った結果であると言えるかも知れない。その微風こそトンボの翅脈にかよう毒の作用ではあるまいか。

成熟したサルの遊戯的、バロック的な動作の韜晦。目にもとまらぬ速さで螺旋状に樹の高みをめざしてのぼっていくのに見惚れていると、いつのまにか、その螺旋の回転方向が逆さになっていたり、樹冠から樹冠へと移動していく時には、わざわざ心細い枝や蔓を選んで、アクロバティックに体をしなわせて、時には、わざと蔓から手を滑らせて、失神したように滑落して、下方の茂みに消えてしまったと思うや、その同じサルがいつのまにか途方もなく高い樹冠から下を眺めている。要するに、成熟したサルの動作を追う眼をわたしたちは持っていない。

わたしたちの眼の中で、彼らが消えている時間が確かにある。生き急ぐとはそういうことだ。彼らは時間を踏み外して、わたしたちの思惟の迷宮をのぞき込んで再び戻ってくる。戻ってきた時には、わたしたちの迷宮はすっかり出口も入り口もその位置を変えている。生殖行為が未だにわたしたちの知るところではないのは、当然のなりゆきなのである。勿論、わたしたちは、このサルの死骸はむろん、その骨の一片も発見していない。

手帖

息をのむような鮮やかな紅色の地に黒の斑紋を落として彩色された翅。微細な毛の束をその節の幾つかにつけた長い触角。くすんだ赤い色合いに染められた革表紙の手帖の見返しを開くと、神経質なイタリック体で種名が記された一葉のカミキリムシの標本画が挿まれている。

いると、ぼくはいつも花虻を寄せる花粉の粒子を吸い込んだような息苦しさを覚える。亜熱帯の森の温気に湿った、胸苦しい濃密な陽の光に反応しやすい紅色の粒子をたっぷりと吸い込んだぼくの肺は、花粉まみれになった花虻さながらに、重たげな夢の揚力にかろうじて支えられている。

その手帖がぼくの抽斗の中にあるのはいつからだろうか。

それがいつのことなのか、どうしても思い出せないにもかかわらず、ぼくはその日のことをはっきりと思い出すことができる。

駅のプラットフォームで電車を待っているぼくのところへ、不意に痩身の青年がやってきて、ぼくが落としたものだと言って、それを手渡したのだが、その手帖には見覚えはなかった。しかし、彼は執拗にぼくの手帖だと言い張って聞かず、ほとんど無理やりにぼくの上着のポケットにねじ込んで立ち去ってしまったのだ。

立ち去っていく後ろ姿が、先ほどの青年とはまるで別人だった。初老の、白髪がまじって薄く禿げかかった、小太りの男だった。肩を丸めてうつむきかげんに、雑踏の中にそそくさと紛れていった。

手帖は、「*Rosalia aurai*」というカミキリに関する雑多な内容を記したノオトだった。

いくつかの図鑑にあたってみたのだが、その標本画を見る限り、いわゆるベニボシカミキリ（*Rosalia lesnei*）や、それより小型の亜種にあたるフェリエ・ベニボシカミキリ（*Rosalia ferriei*）とほとんど差異を認めることはできなかった。

しかし、手帖に記されている記述は、その食餌に関する荒唐無稽な内容のフィールドワークに終始している。

すなわち、「*Rosalia aurai*」は物語を食べる。伝説・神話のたぐいから、新しく紡がれようとしている物語まで、その食餌の範囲は広く、言葉が物語を紡ごうとする機運に放散するある種の匂いに集まってくるという。

物語を食べるといっても、その全体を食い尽くすというわけではないらしい。俗種のカミキリのように、樹の腐食部を好物としてそこに空洞を作り出すのに似ている。要するに物語のあるべき全体を食餌の対象にしているわけではなく、その細部に潜り込んで空洞を生み出す。もっともその空洞そのものの存在が物語の全体を事実上虚しくしてしまうということはありうる。

また、「*Rosalia aurai*」のみならず、物語を食餌とする同類のカミキリの存在や分布についての示唆的な言及もある。ただし、それがほのめかし程度で終わっているのは残念である。


このカミキリの種名に付けられた「*aurai*」は南方の植民地に赴任したある日本人官吏の故郷の地名に献名されたものだという。学徒の頃に植民地の言語学を修めた若い学究肌の彼を、その地で待っていたのは、赴任地周縁の島嶼に残る豊かな伝説や物語の類だった。彼は、植民地経営の実務官僚に滑り込むための足慣らしの意味を持つ、この植民地派遣の職務に全く身を入れず、ひたすら周縁の島嶼をめぐり、現地の伝説や物語のたぐいの採集に没頭したのである。

やがて、彼はある領域の島嶼一帯に引き寄せられていく。それは、このカミキリムシの標本とともに、この種が棲息する島嶼一帯には、伝説や物語のたぐいが存在しないという興味深い情報を、ある標本商から聞き出したことがきっかけだった。なにゆえにその島嶼一帯には物語や伝説が伝わっていないのか。


しかし、目的の島嶼調査は、なかなか実現しなかった。一つには、南洋の植民地をとりまく情勢の急変によって、官吏としての雑務があわただしさをましてきたことが大きな要因ではあったが、それればかりではなく、標本商の男はそこに至る渡航の困難さを言い立て、ことさらに彼を島嶼に連れて行くことを引き延ばしたのである。もっとも、男は彼を連れて行くことを渋っていたわけではない。むしろ、積極的に島嶼についての知り得る限りの情報を彼に提供した。

　その島嶼一帯において、ぽつんと離れて一際孤高を誇るようにして浮かぶ島の話や、そこに棲息する珍らかなサルの話や、その島と関わりが深い、ある漂流民の存在など、その鮮やかな紅色のカミキリムシの標本をまぶしげに見つめながら、彼に声低く語り尽くすのであった。彼とても、それが、したたかな標本商の商売のやりかたであり、カミキリと物語の関係にしても、南洋の物語や伝説を採集している彼の興味を引くために、男がふと思いついた事事しい舌先に過ぎないことを知らないわけではなかった。

　しかし、たとえその島嶼についての情報に、標本商の男の脚色がたっぷりと加えられていたとしても、このカミキリムシの標本と島嶼の虚実にまぶされた情報は、彼の島嶼調査の動機としては、申し分のないものだった。

　そして、ようやく男に島嶼行きの約束を取り付け、いよいよ出発というその二日前になって、あろうことか、直ちに本国に帰還すべしという召還命令が彼に下されたのだった。植民地の急変がいよいよ尋常ならざるところにまで及んでいることはわかっていたので、その命令が、火急の事態に関わるものであることは、予感されていた。彼は後ろ髪を引かれる思いで、南洋を去らねばならなかった。あわただしい帰国準備の際に、彼は南洋の調査の手帖をおさめた行李の中に、例の紅色のカミキリムシの標本を入れることを忘れなかったのは言うまでもない。

物言う島

島嶼

　島の数を正確に言い当てることは多分できないだろう。権威ある海図を提供する、ある名高い南洋研究所発行の、このあたりの島嶼を描いた海図にしてからが、首をかしげるような経験を幾度かしたことがある。それが、その海図の権威を疑われるような事態に至らないのは、このあたりの島嶼にやってくるよそ者の中に、そもそも海図をあてにしてたどり着く者が皆無に等しいからだ。

　数が多いからではない。指を折って数えても、そう混乱するような島数でもないように思われる。けれども実際には、記録しておいた島にもう一度渡ろうとしても、それがどうしてもかなわなかったり、昨日まで見えていた島が今朝見るとすっかり晴れ上がった天気にもかかわらず消えてなくなっているといったことが、ここでは珍しくない。そのようなことにこだわっていたら、ここでは暮らせない。そんな時には、夢のせいにするのが一番だ。昨日までのことは、夢の時間に組み入れて、「今、ここ」にいる感覚に神経を集中することが要求される。もっとも、その感覚もまた、いずれは夢の時間に浸されてしまうことになるのだけれども。

　わたしがここに迷い込んできた時（いや、正確には望んでここにやってきたのだけれど）、刳り舟を巧みに操ってわたしを連れてきた男は、くれぐれもこう念を押したものだった。

　もうこちらへは戻ってこられないかも知れませんぜ。

標本商

その男は南洋の言語のいくつかをわたし以上に流暢に操る標本商で、赴任当初からわたしの周辺に影のように立ち現れては、曰くありげな袋から美しい蝶や甲虫のたぐいを取り出し、ラテン語の学名を、これもなめらかに唇にのせて、くだんの虫の講釈を一節語るといった鼻持ちならぬ一面をもつ男であったが、こちらの情報に疎いわたしにとっては、貴重な情報提供者のひとりだった。

　勿論、わたしは昆虫採集のために南洋に渡ったのではない。南洋の島々に存在する伝説や物語のたぐいを採集するための渡航だった。ただ、それを任務に帯びて派遣された官吏でもない。それらの採集はあくまでも個人的な興味からであった。

　そもそもわたしの故郷は、内陸の山間部にありながら、「穴浦」という名を刻まれ、海の匂いのする伝説や物語が多く伝えられていた。村の背後に幾重にも重なり広がるブナの森を海になぞらえ、今にも森に埋没してしまいそうなわが村を孤島に見立てた幼少年期の幻想癖が、おのずとわたしを南洋の島々に誘うことになったのである。穴浦に伝わる海の伝説と南洋の島々のそれらとの間に通う見えない水脈《みお》に導かれて、わたしは南洋に渡ったのだった。

南洋に赴任してから、わたしは伝説や物語を採集するかたわら、島々に棲む鳥類やサルの観察、そして例の男に誘われるままに昆虫の採集にも手を染めるようになっていた。なかでも、彼がこの島嶼に棲むカミキリムシを見せてくれたことがきっかけとなって、わたしは、この島嶼を自分のフィールドとして、長く滞在することになったのである。なによりも、そのカミキリムシが、鮮やかな紅色の地に黒い斑紋を散らし、異様に長い触角を持っていることに、胸騒ぎのようなものを感じたのだった。ほかでもない、その地色の紅を瑠璃色に変えれば、まさしく瓜二つと言えるカミキリムシが、穴浦ではごく普通に見られる種だったのである。

物言う島

このあたりの島嶼において、「物言う島」と名づけられた無人島は、他の島々とは際立った特異な気配を含んでいる。この島だけが、他の島々とはぽつんと離れているのみならず、そこに棲息する動植物や森の植生もあきらかに違っていた。

なかでも、島の樹海の中央部にはやや擂鉢状にくぼんだ一帯が認められるが、その中心と思われるあたりに「白い巨木」という名の樹がある。巨木とは言っても、その太い幹を裂くように巨石が鎮座しているので、樹高はさほどでもない。石はこの島の北海岸に露出している岩肌の色や岩質とは明らかに相違しているところから察するに、何らかの事情で島外から樹海の奥まで運ばれてきたと思われる。しかし、どう考えても人為によって運ばれたとは見えない。石は「白い巨木」の真上から狙い定めたように落ちてきたとしか考えられないような按配で居座っているのである。その巨石を包み込むように、裂かれた幹が幾本かに分かれて伸びているが、その白さと複雑な枝の捻れ、まるで花弁のように石を抱きこみ、今では巨石それ自体が樹の一部と接合し、珍種の植物もしくは得体の知れない生命体のように、異様な形状をさらしている。

巨石によって幹を裂かれる前の「白い巨木」は、おそらくあたりをはらって屹立していたものと想像される。キノコ雲のように発達した常緑の樹冠を広げて、そこにはサルをはじめとした樹上生活を営む哺乳類や多種多様の鳥たちが棲息し、湿った温気を好む着生植物が種々の珍らかな花を開かせていたに違いない。しかし、今では白い巨木の奇形そのものに怯えるかのように、サルや鳥たちはそれを取り囲む暖地性常緑樹の樹海の中に身をひそめ、ただ、鮮やかな鞘翅のカミキリムシが、枯死した幹枝の部分を這っているばかりである。

「物言う島」という名の由来ははっきりとしない。或いは、「物言う」とは、火山の噴火などの天変地異と何らかの関係があるのかも知れない。むろんこのあたりの島嶼には火山はないが、大規模な地異の痕跡を、例の巨石に認めることができる。これほどの巨石を島外から運ぶ文明を想定することができないことからしても、人知を超えた地異の力をそれは示しているだろう。

いずれにしても、巨石の重さに喘いでいる樹の、異様な幹枝の捻れを観察していると、おのずと「物言う島」という名が妙に納得させられるような気分になってくるのはどういうわけだろうか。

謡衆《うたいしゅう》

この島嶼を謡い巡る「謡衆」と呼ばれる一団のことを聞いたのも、例の男からだった。白い衣装をまとって島々を巡遊し、その謡いを披露して施しを受けるのだが、彼らがどんなことを謡っているのかはよくわからない。なぜなら、彼らの謡う言葉がほとんど摩滅してしまって、意味を掬い取ることが不可能なまでに音楽化されているからである。それを享受する島の人々に尋ねても、誰も答えられないばかりか、謡衆ですら自分たちがどんな内容の歌を謡っているのかわからないというのが実状である。島の人々は謡衆を概ね歓迎しているように見えるが、どういうわけだか謡衆の衣装の白は、骨の色を思わせる。また、謡われている節回しや言葉の断片は、空洞の中で反響しているような独特のうねりを帯びている。それはなんらかの訓練を経ずしては生み出せない不自然な発声のように思われた。

ギュイ

面白いことに、謡衆はある一団を追いかけている。彼らは「ギュイ」と呼ばれている。

ギュイは謡衆に先行して島嶼を巡っている。彼らはくすみを帯びた紅色の地に黒点の滲んだ独特の衣裳をまとって島々を訪れるが、黙して一語も語らない。そして島の人々に飛礫《つぶて》を打たれ、蔑みの言葉を吐かれ、罵倒されることで食糧を施される。興味深いことに、島嶼を巡るとき、別段打ち合わせてもいないのに、まずギュイの一団が集落を訪れ、罵倒され、飛礫を打たれて退けられた次の日に、謡衆がその集落を訪れる。彼らは歓迎され、再来の約束をして施しを受ける。しかし、両者の施しは全く同じものである。謡う者に厚く、黙するものに薄いということはない。

ギー

ギュイの一団は「ギー」と呼ばれる木製の祭具を持っている。それは一対の弦状の祭具で、飛礫を打たれ、罵倒されるたびに、それを絡ませ捻りしぼって、ギーギーと鳴らして逃げる。喘ぎと痛苦と悲鳴のかわりに祭具を鳴らしているように見えるが、その音にはもっと深い象徴的な意味がこめられているように思われる。

海の民には舟の櫓の軋る音を、山の民には弓をしなせる弦の音を思い起こさせるものであることは言うまでもない。更には注意深くそのギーギーと鳴らす音を聞いていると、ただ単調な音回しではなく、ある種、音楽的な所作、例えば楽器を奏でているような、情緒的、生産的な創造の営為をそこに嗅ぎ取ることができる。鳥やサルや野ねずみの声をはじめ、魚を絡め採る所作を髣髴とさせるギーの鳴らし方の型もそこに読み取ることができる。そうした豊穣な収穫を予祝する行為であると同時に、一対の弦が捻られて生まれる音に性的な興奮を呼び覚ます多産への祈りが込められているともとれるのである。

しかし、何よりもギーの象徴性は、彼らのあとを追って現れる謡衆の歌の言葉のうねりによって、完成を極めるのではあるまいか。すなわち、謡衆は、ギュイの鳴らすギーの音楽を翻案しているように思えてならないのである。ギュイの祭具と謡衆の歌は、言わば呼び交し合い、補完しあう関係にあるのではないだろうか。

物語

しかし、この島嶼一帯には「物語」がない。「物言う島」にしても、「白い巨木」にしても、「謡衆」にしても、「ギュイ」にしても、どれをとっても物語の匂いが芬々とする要素を備えているにもかかわらず、それらが物語を形作るにはいたらない。まるで、設計図がきれいに切り取られたあとの紙片に残された建築物の名称のように。

しかし、断片ばかりが投げ出されているがゆえに、一方では、どのようにも設計図が書き込めるとも言える。「ギー」の音をめぐる様々な解釈を書き散らすことができるのもそのためである。また、「謡衆」と「ギュイ」は、ともに「物言う島」に漂着した異界の民であると、わたしは例の男から聞かされたが、これもまた彼の思い込みが描いた設計図の一部に過ぎないだろう。

「謡衆」と「ギュイ」の奇妙な鬼ごっこがどんな因果関係のもとに発生したのか、そして、それがなんのために行われているのか。当事者たちは誰もはっきりと答えることはできないのだった。あるいは、「物言う島」がなぜそう呼ばれるようになったのか。「白い巨木」に鎮座する石がなぜ降ってきたのか。また、「物言う島」が孤高を誇るように人を寄せ付けずに無人島のままであるのはなぜなのか。更には「謡衆」や「ギュイ」の一団がどこで起居しているのかといった、素朴で現実的な疑問ですら、島嶼の人々は答えることはできなかった。そもそもこの島嶼以外の南洋の島島では、物語（過去）を統御しているのは部族の古老たちであるが、ここでは、世間話（現在）の輪の中心にいつも彼らがいる。

物語は失われたのか。もし、そうであるなら「謡衆」や「ギュイ」の風習だけが保存されて、それについての謂れや意味がきれいに失われているのは何とも不自然である。故意に物語が拒否されているのか。しかし、そうであるならば、初めからいわくありげな物語の断片が放置されるはずがない。これらの象徴的な名の断片と異物が残されている以上は、少なくとも、かつては物語が存在したことは間違いはないと思われる。

ともかくも、何らかの断絶、切断の跡をわたしは感ぜずにはおれなかった。とくに、「物言う島」の「白い巨木」の異形である。巨石が降ってくる以前の白い巨木の、辺りを圧する樹形を思うならば、「物言う」のはこの木において他はない。その巨木が大きな石によって口を塞がれたその姿は、まさしく「物言わざる木」であり、その喘ぎ苦しむ、割れて捻れた幹の姿に、「ギュイ」の姿が重なってくる。「物言う島」が「物言わざる島」になった時、ギュイはその捻れを「ギーギー」と鳴らして振れまわり、謡衆はギュイの起こす風を、ことばの綾取りに変えてみせる。

更に、この島嶼で経験する不可思議な現象が、そのこととなんらかのつながりがあるように思えてならない。昨日まで見えていた島が消えていたり、もう一度訪ねてみたいと思っていた島に、どうしても行き着けなかったりする経験を重ねるたびに、わたしがいつも自分に言い聞かせていた言葉。

「今、ここにあることがすべてなのだ」

現在は、過去からの逃走の結果として現れるのではない。また、絶えず未来から剝がれ落ちる時間のことでもない。その二つの現在の定義の閾《しきい》にこそ、この島嶼の現在があるのではないだろうか。未来からも過去からも切断された時間に、この島嶼が存在する。そこに生きる人々は、あらかじめ定められたプログラムを組み込まれた自動人形のようにふるまうのだ。ギュイの一団がやってくると、人々は飛礫を打ち、罵倒して追い払い、その次の日には間延びしたような呪文をつぶやいて謡衆の人形が現れる。謡衆を歓待して、再来をこいねがうのも、それがあらかじめプログラムされた振る舞いであるからに過ぎない。自動人形である彼らに、なぜそんなふうに振る舞うのかと尋ねても意味はない。

それにしても、誰がこの人形の装置を作り上げたのか。いや「謡衆」や「ギュイ」や島嶼の人々ばかりではない。そもそもこの島嶼一帯が、精巧に作り上げられた書割なのではないか。

いや、それを問う前に、わたしはどうしてここにいるのか。なぜ、わたしたちの時間や空間からずれてしまった書割の島々に来ることができたのか。わたしをこの島嶼に導いた男にそのことを尋ねることがもはやできない今となっては、

イマ、ココニアルコトガスベテナノダ

タバコ

例の男はいつもわたしの前にひょっこりと現れるのだが、妙なことに、彼と会うたびに彼が少しずつわたしと重なってくることに気づいていた。彼と最後に会ったのは、いつだったか、彼と島嶼に棲むサルについて話している時だった。このサルの哲学的な瞑想癖についてのわたしの仮説に対する見解を求めようとして、テーブル越しにいるはずの彼にことばを差し向けると、いつのまにか前にいるはずの彼の姿がない。そこにいたはずの男の姿が見えないのでうろたえていると、彼のいたテーブルの側には椅子も見当たらない。まるで初めから椅子などなくて、わたし自身が非在の彼を相手に独り言をつぶやいていたとしか思えなかった。そんなはずはあるまいと、立ち上がって、テーブルの灰皿にタバコをもみ消そうとした時、そのタバコが、いつも彼が愛用していたタバコであったことに気づいて、わたしは思わず椅子に腰を落としてしまったのだった。ほかでもない、わたしはそも

そもタバコなど生まれてこの方吸ったことがなかったのだ。

カミキリムシ

始まりにもどるしかなかった。

この島嶼にやってきたそもそものきっかけとなったカミキリムシにすがるしかなかった。この紅色のカミキリムシの標本と出会わなければ、この島嶼には縁はなかった。その紅色をそっくりそのまま瑠璃色に変えれば、わが「穴浦」のルリボシカミキリとそっくりである。無邪気な思い込みと言われればそれまでだが、ブナの森に閉ざされた穴浦を孤島とみなし、そこに伝わる海の匂いのする伝説の断片をたよりに、穴浦を海に返す物語を夢みていたわたしにとって、この島嶼は穴浦の来歴に潜む不可解な隙間を埋める物語そのものだった。

このカミキリムシの上翅の紋様が、「ギュイ」の衣裳のデザインを生んだということは、誰の目にも明らかだった。ならば、そのギュイの一団を追いかける謡衆の衣裳の白は、「白い巨木」のそれなのだろうか。仮にそうだとしても、彼らの鬼ごっこの謎が解けるわけではない。しかし、少なくとも彼らが「白い巨木」に由来しているらしいことはほぼ間違いない。

そして、ギュイと謡衆の鬼ごっこ。とりわけ、謡衆の歌が、白い巨木の発する言葉を伝えていると想定するならば、当然それが、白い巨木を抱き込んだ巨石の存在と関わりがあるに違いないという憶測が許されるであろう。口を塞がれた「白い巨木」が、なんらかの意志によって謡衆の歌として語り得たものであったという想像。

謡衆やギュイと、島嶼の先住民との明らかな違いはその漂泊性にある。しかし、考えるに、この島嶼一帯がわれわれの世界に対して閉じられているという、その閉鎖性を思えば、島嶼の先住民よりは、謡衆やギュイたちのほうが、わたしたちの世界に近しい存在と言えるかも知れない。謡衆やギュイの一団は、わたしと同様に、わたしたちの世界からこの海域に迷い込んだ漂着民ではないか。この島嶼が他の島々とは別格に位置付けられているのは、たぶん、わたしたちの世界との密度の高いなんらかの通路が開かれているからだ(その通路に従って、わたしと例の男もこの島嶼に辿り着いたのだった)。そう思えば、ひょっとしたら、あの「白い巨木」をめがけて降ってきた巨石も、わたしたちの世界のものだということだってあり得るのだ。

召還命令

どこからもたらされたのか、未だにわからないことだが、わたしに対する本国からの召還命令を記した一葉の紙片がすべてをはっきりとさせた。それは、わたしが例の男の操る舟に乗ってこちらに渡ってくる時に携えてきた行李の中から、それも一番底にしまい込まれていた『甲蟲圖譜』という図鑑に挟まっていた。召還命令の紙片を見つけるまで、その図鑑を開いたことはなかった。

キャンプの小屋の雨漏りをそのままにしていたせいで、激しい驟雨のために、まともに雨漏りの被害にあってしまった行李をひっくり返していた時に、たまたまその図鑑を手にとったのだった。思えばこの図鑑は、わたしが南方へ赴任するというので、その餞別に、母校の教官から賜ったものだったが、その召還命令が挟まっていたのは、果たして紅いカミキリムシの標本が示されていたページだった。

召還命令の日付は、その日からさかのぼる三年前になっていた。わたしがこの島嶼にやってきた、まさにその年であった。

ということは、わたしがこの島嶼に渡ってくる以前に、本国への召還命令が発せられていたということになる。そしてそれを図鑑のページに挟み込んだのはおそらくわたし自身だろう。しかし、わたしにはそのあたりの記憶が辿れないのである。召還命令を拒んでまでここに渡ってくるほどの無謀さをわたし自身が備えていたとは到底思えない。しかも官吏としての規律違反、それも致命的な規律違反を犯すには、それなりの悲壮な決意があったはずであり、そんな決断をすっかり忘れていたとは思えない。わたしは、本国に帰還するつもりだったに違いない。本国に帰るために、荷を行李に詰め込んだはずだ。
あるいは、わたしは本国に帰還する途上で、この島嶼に迷い込んでしまったのだろうか。わたしの記憶に信頼を置くならば、わたしがこの島嶼に渡ったのは、例の男の手引きによってだった。決して本国に帰るために彼の小舟に乗り込んだのではない。
それでは、本国に帰る前に、せめて数日間なりとも、彼の語ったカミキリのいる島に行ってみたいと思ったのだろうか。それはありえないことではない。しかし、はっきりと、例の男の言葉は耳に今でも響いている。

「もう、こちらに帰ってこられないかも知れませんぜ」

その言葉を聞き流して、彼の操る刳り舟に乗ったりするだろうか。
そのあたりの記憶がどうしても辿れないのだ。まるで、口を巨石にふさがれて喘ぐ「白い巨木」のように、どうしてもそのあたりの記憶を辿ることができないのだった。

「今、ここにあることがすべてなのだ」

わたしたちの世界から閉ざされているこの島嶼の時間の中にある「今、ここ」は夢の中だと思い切るに如くはないのだ。そして、夢を見ているわたしは、既に本国に帰還を果たし、官吏としての平穏な人生を歩んでいるに違いないと。いや、既に官吏を辞し、故郷の穴浦に逼塞して、見晴るかすブナの森をさまよいながら、この島嶼に通じる「穴」を探しているのかも知れない。

（『翅の伝記』二〇〇三年書肆山田刊）

詩集〈石目〉から

ハーテビーストの縫合線

ハーテビーストという、優美な羚羊《レイヨウ》の頭蓋骨の縫合線は、頭頂部へと遡行するにつれて、リアス式海岸の海岸線の地図のように複雑なじぐざぐを描く。縫合線は傷ではない。頭蓋のそれぞれの骨のパーツをしっかりと組み立てるための構造なのだが、どうしても傷跡に見えてしまう。

骨格標本を集めた収蔵庫の、わたしのお気に入りの標本の一つである。渦をゆるやかに巻いた一対の黒い角の美しさもさることながら、細長い頭部の標本を正面から見つめていると、いつの間にかその縫合線を、注意深くたどっている。

内省的になるのは、それが他ならぬ脳をつつむ容器だからか。川の源流を遡行していくように、わたしをどこへ導こうとしているのだろうか。

わたしがこの仕事をしていること、女でありながら、動物の死骸を扱い、骨を洗浄し、骨格標本を制作するという仕事は、ゆるぎないわたしの生のあり方なのだけれど、周囲の人たちは、何かわたしの心の傷が原因で選んだ仕事なのだろうと、親切にも推し量ってくれる。どうして、こんな仕事を選んだのか。なにか特別な所以が生い立ちにあるのだろうと。

女は「生む性」であり、死に触れるこのような仕事にはかかわるべきではないと、露骨に忠告してくれた恩師もいた。戦闘や闘争を担ってきた男にこそ、「死」を扱うこのような仕事は相応しいと、敬意を抱いていた骨格標本技師から揶揄を込めて言われた時はつらかった。わたしが、仕事をする時に、つい鼻歌を小さく歌いながら作業を行うのが、気に障るのだろうかと思ったこともある。

そう言えば、わたしはいつも、骨格標本を扱っている時、とても幸福な気分になる。それらの骨を「死」というものから解き放してやるという思い。生とか死とかいう生臭い時間の皮膚を取り除いて、ただ一つのフォルムを形成するためのシステムという、生死とは別の価値の力学に置き換えることが、骨格標本の技師の仕事だと思っている。頭蓋骨も、指の関節を構成する小さな骨も、生命とはかかわりのない進化の意思のフォルムとしてわたしには美しいのだ。

どうしてこの仕事を選んだのだろうと考える時は確かにある。好きだからに違いなく、幼い時から、兄の投げ出した複雑なプラモデルを器用に完成させて楽しむ子どもだった。

博物学への興味は、初めは鳥の羽だった。それから鳥の卵の標本に移っていった。小さな鳥の卵はわたしの世界の原型であり、理想的なフォルムだった。鳥の卵を眺めていると、心がしんと落ち着くのだ。標本を見るために、よく博物館に通った。わたしは随分長いこと、それが死んだ卵だと思っていた。卵は孵るものだが、孵らなかった生命がその中に干涸らびたままに閉じこめられていると思っていた。親しくなった若い学芸員が、鳥の卵を指さして、これは本当の鳥の卵で、中は空っぽなんだよと教えてくれた。注射針で中のモノを吸い取っているんだ。見えないけれども、この卵のどこかに小さな針の穴があいているんだ。

私は軽いめまいを覚えた。死んだ卵、孵らない卵だとはもちろんわかっていたが、卵の中は死ではなかった。死は取り除かれていた。生も死もない。何もない、空っぽなのだ。わたしはその空っぽの容器に、いつとは知れず自分の世界を重ねるようになった。自分をその中に納めると自分が空っぽになれると思った。なぜだかわからない。自分が嫌だとか、つらいことがあって、自分というものから逃げたかったとか、そんなことではない。わけもなくその卵という空の美しい容器にわたしというものを移したいと思った。

けれども、そのこととわたしが骨格標本技師になったこととは、あまり関係がない。

わたしとはかかわりのないところで、わたしを動かしているもの、骨格標本技師として生きることを決定づけたという確信のようなものは、わたしには量りがたい。このハーテビーストの縫合線を見ていると、わたしの知らないところで、わたしの頭蓋の縫合線は描かれているのだという思いにとらわれる。それは傷跡ではないが、確かに人には傷跡に見えてしまう。

わたしの川の源流、わたしの生の水源。そこが何処にあるのか。むろん何処にもない。しかし、この偶蹄目の縫合線を見つめていると、何処にもないあの場所が、その縫合線によって縫い閉じられているのではないかという思いにとらわれてくるのだ。

森屋敷

図書室

大学に附設した博物館が、大学の移転にともなって閉鎖されることになった。博物館といっても、廃止の決まった農学部の資料館のようなもので、主に養蚕関係の資料の収集で知られていた。ここには附属の図書室があって、ちょっとした調べごとがあるときにはしばしば出入りしていた。

養蚕のジオラマや展示標本のある同じ館内にありながら、そこはいつもいい匂いがした。防腐剤や薬品の匂いとは無縁で、殊更に鼻を利かせても、そこに収められた相当な量の古い蔵書の黴びた匂いすらも届いてこない。そこには何か特別な嗅覚の層を呼び覚ますものが潜んでいるように思われた。何かの気配、それも生き物の立てる気配ではなく、空間そのものが意識や情感を読み取って反応する細胞組織であるかのような気配。その細胞の活動がうながす匂いとでも言えばいいだろうか。それがぼくを誘う。

図書館の窓際の席に腰をおろして、古書を幾冊か閲覧机に重ね、ガラス窓ごしに空をながめていると、ここが、本を読んだり、資料を閲覧するためではなく、その匂いを嗅ぐために、あるいは、その匂いを利用して、何かほかの目的のために使われた部屋ではないかという思いがゆっくりと沁みていく。そのひとときのたゆたうような時間の、蜜のようなあまやかな、しかし、どこか空疎でおぼつかない感覚を、あの匂いが過不足なくくるんでくれるのだ。

ぼくばかりではない。この図書室にやってくる人たちは、本を読んだり、資料を調べに来るというのは口実で、例えば、自分の病の療養のために、この図書室にやってきて、その匂いを鼻孔にゆっくりと吸い込んでいるのではないか。そんな空想に耽りながら、ちらと前の席の若い男の後ろ姿に目をやると、男は居眠りをしているのか、わずかに身体を椅子からずらして頭を傾げている。大きく切り取られた窓からそそがれるたっぷりとした陽光にもそのいい匂いが沁みて、まるで若い男の不自然な姿勢が、その匂いを嗅ぐために工夫されたポーズにすら見えてくるのだった。

森屋敷

博物館の資料や実験用機材が出入り業者によって処分された後のがらくたを見に来ないかと、旧知の学芸員に誘われて持ち帰った物がある。甲虫類を容れるインロー式の携帯用標本箱と、蓋のない硝子の標本瓶を一本。瓶の方には、アルミ製のバットにクヌギやクルミなどの木の実の乾燥標本が無造作に盛ってあったのを幾つか詰めて帰った。

標本箱には《森屋敷》という黄ばんだ小さなラベルが貼ってあった。きちんとしたドイツ箱に分類して入れる前に、とりあえず採集した虫を展足して容れておくためのものだろうか。中に標本は入っていず、ナフタリンの小片がむき出しのまま敷かれていた。その匂いが強く鼻をついた拍子に、《森屋敷》という言葉に導かれて、何か思い出すものが、まだ影像をともなわないかたまりのまま溢れてきた。

少年の頃よく読んでいたある漫画家の作品の中に《森屋敷》という建物が出てくる。それは《機関》と呼ばれる謎の組織が生み出した、ヒトと限りなく近い人工の種が、何らかの不具合を生じたのを恢復させるための施設の名である。《森屋敷》に勤めるハンスという若い医務官が主人公で、ヒトとほとんど変わらぬがゆえにヒトとの差異に悩む人工種のヒトを治療しながら、自らも成長していくという、いわば教養小説風の地味な物語だった。おそらくハンスというのは、マンの「魔の山」の主人公ハンス・カストルプから採られたものだろう。してみれば《森屋敷》はさながらダヴォスの「サナトリウム」と言うことになる。無論、この漫画を読んでいた頃は「魔の山」など知らなかったが、《森屋敷》の醸す雰囲気は、ちょうど下界から断たれた負の領域の持つ、陰鬱ではあるが、秘密めいた迷路を探るような誘惑に満ちていた。

その頃、漫画の中の《森屋敷》とは別に、もう一つの《森屋敷》をぼくは知っていた。少年期のぼくにとってかけがえのない思い出がいっぱい溢れていた祖母の家のあたり一帯の広大な雑木林に、《森屋敷》という、林を管理するための屋敷があった。管理のための建物だが、十数人は宿泊できるほど広く、繁忙期には常時人が詰めていた。学校の長期休暇には必ず祖母の家で過ごしていたので、《森屋敷》も、森遊びの拠点として、虫採りの時にはよく利用した。当然、漫画の《森屋敷》が、この雑木林のどこかにあるに違いないという空想にぼくはとらわれていた。(その漫画家の故郷が、そこからそう遠くない町だったことを後で知ることになるのだが)とにかく広大な雑木林群で、往時は都市部への薪炭の重要な供給地であり、その森の管理の徹底さは、今思えば見事なまでにシステム化されていた。それはこのような立派な管理屋敷が幾つもあったことからも知れる。

しかし、今はあっけないほど何も残っていない。高速道路のインターチェンジと都市部のベッドタウンに変貌してしまった。思い当たったのは、その広大な雑木林が巨大開発構想の用地として計画された際に、件の大学の農学部が、行政の依頼をうけて大規模な生物調査を行ったということだった。

ぼくが祖母の家に行って頻繁に森に分け入っていた頃と、大学の農学部が雑木林の調査を行っていたであろう時期が一致することに気づいた時、廃棄物の大量の木の実が、その時の採集品に違いないと合点した。この《森屋敷》のラベルを貼った標本箱の持ち主も別の《森屋敷》を拠点に林を巡っていたとしても不思議ではない。

木の実の一つ一つが、そんな少年の頃の森の気配をその中に保存しているのだと思うと、たまらなく懐かしかったが、その浮ついた懐かしさを冷ややかに押しやって、ただの干涸らびた実に変えてしまうものが、それらの乾燥標本の中にまじっていた。それはトチの実の標本だった。そのずんぐりと無骨な異界の眼のような実の色とかたちが気にかかったのである。その実を手にした時、ひやりとする手触りが、ある影像を呼び覚ましたのだった。

トチの実

あれは五年生の頃だろうか。幼年期からの喘息が最も悪化していた頃で、二学期が始まってまもなく激しい発作に襲われた。その発作が、もともと好きではない学校に戻ることを厭う身体の訴えなのは自分でもよくわかっていた。親もうすうすはそのことを知っていたらしく、主治医の先生と相談して、祖母の家で転地療養させるという決断は思いのほか早かった。

祖母の家に住まう効果はすぐにあらわれた。うそのように発作はおさまり、しばらくは、おとなしく祖母の家で図鑑をながめる日々が続いたが、ようよう雑木林の緑が急激に力を失っていくのが目に見える頃には、もう家を抜け出して森を歩いていた。

雑木林は、なだらかな丘陵を上るように続いて、やがて山地の自然林にかわる。その境界は、急に森の雰囲気が一変するのではっきりとわかるのだが、谷筋の山から流れ込む渓流が丘陵地にさしかかるあたりの境界地域は、ひときわ陰影の濃い空間を作っていた。豊かな保水のせいか、巨木が数本、なかでもトチ、カツラの巨木は目を引いた。村の人びともこの空間は、草刈りを怠らず、小さな祠を祀っていた。決して夏でも陰鬱にならず、林縁を抜けてひらけた広場にゆったりとトチやカツラが思い思いの樹影を広げている。とりわけ、カツラは、すでに主幹は朽ちて空洞になっており、主幹を取り囲むように無数のひこばえが力強く育って、大きな花火を打ち上げたように枝を広げている。その空洞になった所に人が数人入ることができた。巨木に似合わず小振りの円い葉をちらちらと風にゆだねて、時に樹全体が、合唱するように葉群を響かせる。

元気を恢復してどうしてもやってみたいことが一つあった。それはカツラの巨木のぽっかりと空いた空洞の中に入ってみたいということだった。夏休みの頃は、祖母の村の子供たちが毎日のように占領していたので、ぼくが近寄ることなどできないでいたが、今は学校があるので村の子供たちの姿はない。カツラの樹の中に入って、何をするわけでもない。ただ樹の中に入って、じっとうずくまっていたかった。

ところが、その日、カツラの樹に近づいて、朽ちた主幹の空洞に入ろうとしたとき、ぼくはすでにそこに人が入っていることに気がついた。それが、夏によく見かけた若い男だったことはすぐわかった。というのは、いつも採集具とともにぼくが愛読していたのと同じ図鑑を持ち歩いていて、他の採集者が血眼になって採集ポイントを足早に巡るのとは様子が違っていたので、すぐに彼の存在は区別できたというわけである。

その若い男は眠っているようだった。膝を抱えるように坐っていたのだろうけれど、主幹の残骸に身体を斜めにゆだねて、首を傾げたかっこうになっている。掌からこぼれたものだろうか、かたわらに幾つかの同じ木の実が転がっている。どうしてそんなに男をじっと観察していられたのだろうかと後になってもいぶかしく思い返すほどに、じっと男に見入っていた。

それには理由があった。空洞の中で男を見た時、ぼくは確かに驚いた。しかし、その驚きは、男が既にそこにいたからではない。そこにいるのが、ほかでもないこのぼく自身だったからだ。未来のぼくだったというような、、、、、、冷静な知覚ではない。まぎれもなく今を呼吸しているぼくがそこにいるという感覚が、ぼくの全身を麻痺させてしまったかのようだった。

しかし、その興奮は、ひやりとした眼差しに見つめられているような違和感を覚えて、すぐに冷めてしまった。木の実だった。彼の掌からこぼれ落ちた木の実は、意識を持った生き物のように、それこそ目そのものとなってぼくを見つめていた。いずれ、それらの木の実が、弾けるように口々に、彼に向かって「目を覚ませ、起きろ」と叫び出して男を起こすとでも思ったのだろうか、ぼくはそれらの木の実を拾ってポケットに押し込んだ。ぼくがカツラの空洞でしてみたかった姿勢のままに眠るぼく自身をそのままにしておきたかったのかもしれない。

祖母の家に帰って図鑑で確かめるまで、その大木がカツラの木であることも、見たこともない目の玉のような異生物の実がトチの実であることもぼくは知らなかった。そして、それよりももっと迂闊なことに、あの若い男が、治療を受けるために《森屋敷》に送られた人工種のヒトだったかも知れないという蠱惑的な思いつきが生まれたのは、もう祖母の家を離れて、再び学校という下界のヒト社会に復帰してからだった。それからは喘息に悩まされることもなく、小学校を上がる頃には、人並みに変声期を迎えて、喉には、異様に大きな喉ぼとけすら作った。その奇妙な喉の突起物の正体は、カツラの空洞で若い男から盗んできたトチの実に違いないとしばらくは本気でそう思い込んでいた。

☆

圖書室

《森屋敷》はわたしたちの治療施設である。文字通り、あたり一帯を広大な落葉広葉樹の森で覆われている。実際の治療は《圖書室》で行われる。治療室が《圖書室》であるのには理由がある。わたしたちが言語機能を特化して生み出されたヒトの人工種だからである。わたしは詩人だが、他にも小説家、言語学の学究、国語の教師、古文書解読スタッフなど、様々な分野に及ぶ。文字について組み込まれた情報は、文字の形象にまつわるデリケイトな心理領域まで及ぶことは言うまでもない。「圖書室」などというわざとらしい旧字表記で、治療室を表すのも、そもそもわたしたちの出自にまつわるところからきているのだ。

《圖書室》の蔵書は、ヒト社会の前世紀の地方中核都市の任意の図書館の蔵書をそっくりそのままコピーしている。つまり、わたしたちのような人工種が開発されていない頃のヒト社会の文字情報のゲージから抽出されたサンプルが収められているわけである。

　ブナ材を接いだ広い共用のテーブルが窓際にあって、手前に患者用の椅子が並んでいる。椅子には透明なフードが格納されていて、治療時にすっぽりと患者の頭部を包む。フードには、治療用の様々な器機の端末が組み込まれ、それらは醫務官の詰める制御室と繋がっている。その透明なフードを除けば、これも前世紀のどこかの小さな図書室の閲覧室によくある仕様である。


「不具合」


わたしがある器官に齟齬をきたして、《森屋敷》に送られてきた時、若い醫務官に症状を告げると、彼は、「だれもが通過する不具合ですから」と言った。「不具合」という無造作なことばにわたしは引っかかった。

　わたしの「不具合」は、声の変調に端を発した過度なストレスが原因らしい。それは最初、自作の詩の朗読の時に起きたのだが、自分の意識している声がオクターブずれて発声されたり、声が途中で裏返ったりする不安定な状態が、それ以後も日常的に続いた。

　若い醫務官によれば、この症状は、わたしに幼年期や少年期が存在しないことが原因であるらしい。治療法も確立しており、患者に幼少年期の記憶を新たに組み込めば、容易に治療するハシカみたいなものだというのである。ただし、こういう症状があらわれる人工種のヒトは稀なのだがと付け加えた。「おそらく、あなたを作るときに使用した遺伝子のサンプルにちょっとした『問題』があったからでしょう。」

「ヒトには変声期というのがあることはご存じでしょう。あれが、あなたがたにはない。この『声変わり』という、子供時代との訣別を意味する通過儀礼をとおして、ヒトは幼少年期を、記憶の層にうずめることに合意するのです。」ところが、わたしたちには幼年期がない。少年期もない。失うべきものがないのだ。

「あなたの声が時折裏返るのは、あなたに組み込まれた問題のある遺伝子が、存在しないあなたの幼少年期を探しているからなのです。」

治療

　したがって、わたしの治療は、その問題の遺伝子が探している、幼少年期の記憶を組み込むために、《圖書室》にある資料の中から、それに相応しい記憶を探すという、思えば気の遠くなる作業を意味していた。そこでわたしは幼年期や少年期にかかわる任意の本を自分で探して読むことを勧められた。

ところが、光は十分すぎるほど満たされているのに、読書の処理能力が、この部屋ではうまく働かないのだ。問題は椅子に仕掛けられたフードにあるらしかった。透明なこのフードにすっぽり包まれると、光は遮られることはないが、いい匂いに、それも微量に、数値的な計量はおそらく検知できないほど微かに感知される匂いに包まれる。若い醫務官によると、わたしが《保育器》の中で製造される時に満たされていた個体識別のためのある特殊な匂いだという。その匂いは、ちょうど緩慢な麻酔作用のように、文字の解読というような知覚作用を鈍らせるかわりに、ふだんは意識の底に潜んでいる無意識界を呼び覚まし、それを引き留めておくことができるというのである。

《圖書室》で透明なフードをかけられ、緩慢な匂いの麻酔作用による知覚の鈍い処理速度で、多くの小説や伝記の類を読んだ。《醫務室》では、フードの端末に仕掛けられた器機をとおして、わたしの読書が克明に記録され、わたしの琴線に触れるものの分析や記憶の整合性を調整するための作業が行われた。それを基に、若い醫務官はわたしの幼少年期のチップを組み込む。もちろん、巧妙に記憶に穴をあけて。そうやって多孔質の幼少年期の記憶を組み込めばわたしは復帰できるはずだというわけである。

森歩き

時折、《森屋敷》を抜け出して、森をぶらりと歩くことがあった。不思議なのは、よく歩いた森の中でのことがほんとうにあったことなのか、それとも偽物の記憶なのかよく思い出せないことだ。《圖書室》から借りて持ち出した図鑑を見ながら、木や虫の名前を確かめては、その名とその属性を記した箇所を、声が裏返らないように小さな声で告げるのは心楽しい機能回復訓練になったが、そこから先のことがどうも曖昧なのだ。《圖書室》でのあの朦朧とした読書の時間と、森を歩いて過ごす時間とが、いつのまにかどこかで混じり合っているような錯覚に陥ることがしばしばあった。なぜなら、図鑑をたよりに珍しい森の木の実や、空を覆うような大きな木の名を確かめてはその名を口にし、その実を手に載せて指につまんでみせ、大きな木の膚に掌をあて、その深く濃い樹影に身を包んでうずくまっていると、あのいい匂いがわたしの存在を包み込んでいるのがわかるからなのだ。それらの森の中での記憶が、わたしのものなのか、わたしの読んでいる本の中のだれかのものなのかがわからなくなってくるのだった。

とりかい観音

わたしの記憶にはないのだが、幼年の頃にちょっとした泊まりがけの旅をしている。わたしの病気の治癒祈願の参詣が目的で、奈良県の山間にまで行っている。これも覚えがないことなので家族から聞いたことだが、わたしは歩き始めた頃からひどいできものに悩まされていて、ときには、それが頭全体に広がって、痒いのに堪えられずに手で掻くものだから、その部分がひどく膿んで、手の施しようもない状態だったという。手と頭に包帯を巻くのだが、すぐにそれをとってしまうので、いつまでたってもよくならなかった。

この地方では、「モノができる」という言い方をする。「モノ」は「物の怪」の「もの」と同類で、邪《よこしま》な憑きものが憑いて、「モノができる」と信じられていた。本気でそう考えていたのではないにしろ、今のようにどんな病気でも医者にかかるという習慣のまだない時代だったので、命にかかわりのない皮膚病などは、置き薬か民間療法で間に合うものとして、まず医者に行くことはしない。

家の置き薬の軟膏を塗っておくしかない様子を見かねた出入りの薬売りが、ぜひうちの本家のある奈良の奥山の「とりかいの観音さん」に頼んでみたらと紹介してくれたのだった。そこへ行って、観音さんに憑きものを落としてもらえというわけである。薬売りが、神仏に頼めというのも妙だが、その薬売りの本家が、くだんのお寺の参道にあって、観音さんを拝んでからの帰りに参道で、できものの軟膏やら煎薬を買うというのがならわしらしい。薬を売る店は参道にいくつかあって、おもしろいことに、どの店も七味唐辛子も売っているということだった。

奈良までならともかく、そこからさらに山の奥へ分け入ったお寺で、泊まりがけの旅になる。しかも、物見遊山ではない。出発する数日前から潔斎して、向こうでもお隠りの真似事をするのだ。

　そうやって精進潔斎をほどこして、わたしを連れて行ったのは、わたしの叔母であった。もちろん母はいるのだが、親では霊験が現れないと薬売りは言ったという。どうしてそうなのかを尋ねても、薬売りは「とりかいの観音さんがそう言わはるさかいに」と言うばかり。

　中学校に入る頃まで、この話をわたしはいやというほど叔母から聞かされている。わたしの家にやってくる度に、あんたの病気はわたしが治したようなもんやと言って、ひとくさり、かくのごとき顚末を語るのである。母も兄姉もそれには納得しているようで、あれほどよく「モノができていた」わたしが、観音さんから帰ってからは、めばちこ一つできなくなったと証言した。化膿して瘡蓋《かさぶた》のうずたかい山ができていた頭も、うそのように痣や痕は残らずにつるつるとした皮膚になったというので、しきりに兄や姉や近所の子が頭をさわりにきた。そのことはわたしも記憶にある。


　叔母の話はここから佳境に入る。七味唐辛子の店のような構えなのだが、その奥に通されると、次に薬を商う店の間になる。薬の調合も七味唐辛子の調合もそこでやっているらしい。さらに、その奥へと叔母とわたしは導かれていく。まるで井戸の奥底へ下りて行くような狭い通路をたどって奥へ通されると、急に視界が開けたところにお堂があって、それが「とりかいの観音さん」だという。では参道を進んだ本堂の観音さんのお参りはと尋ねると、観音さんははじめこのお堂の大甕《おおがめ》から出て来《き》はったんやと言う。あちらは新しい観音さんのお住まいや　お化粧して　よそ行きのかっこしてはる　あの中は空っぽや　観音さんは霊やさかい目には見えまへん　そやけど観音さんはいつでも呼べばここに来《き》はりますと言って、うすぐらいお堂の中に入ると、蓋をした巨大な甕が地面に埋められている。この中においでなはる。そう言って、四人がかりで、修験道の風をした男たちが蓋をあけると、大甕には、なみなみとした闇が満ちている。そこに梯子がかけられて、大人ひとりがゆったりと下りて行けるほどの広さと大きさである。

男のひとりが梯子を伝って下りて行くと、次第に身体は闇にうずめられていく。見えなくなると、中からオウオウと呻る声。上にいる男のひとりが、さあ、お子さんを中に投げろと言う。それもできるだけ乱暴に放り込めと。叔母はもちろん躊躇する。真っ暗な闇の穴にわたしを放り込むのである。男が必ず受け止めてくれる保証はない。真っ暗な中で子どもをしっかり受け止めることなどできるだろうかと。

観音さんに受け止めてもらうんや、大丈夫やからと、男たちは促す。周囲からは、いつのまにか何やらお経が始まる。わたしはあたりの不穏な気配をとうから感じていて、わめくように泣いている。叔母はさらに一息急《せ》かされると、闇の中に思い切り投げ捨てたという。

実の親にはできんことやなと、叔母はそこではじめて、母のかわりに自分がわたしを連れて行った理由を知ったという。

投げ捨てたとたんに、甕からわたしの泣き声が消えた。蓋が閉められ、今度は銅鑼や鉦や鈴がやかましく鳴らされる。

ひととおりの手筈がすむと、叔母は、わたしを大甕に放ったままお堂を出て、促されるままに正式な本堂に参拝にでかけたが、これは時間つぶしでっせと、叔母を見送った七味唐辛子屋の店番がにやにや笑いながら言ったそうな。

再びもとのお堂に戻ると、叔母は、男に抱かれて大甕から出て来たわたしを受け取った。すやすやと眠っている姿に別段変わった様子はなかった。

亡くなった母はあまり、この話には触れたがらなかった。中学校にわたしが通うようになってから叔母と疎遠になったのも、これが原因しているのではないかと近頃思う。だから、「とりかいの観音さん」が奈良の奥のどのあたりにあるのか詳しく詮索するようなことはもちろんなかった。ただぼんやりと、小さい頃、叔母に連れられて、できものを治しに奈良の奥の観音さんに泊まりがけで行ったことがあるのだということを覚えているに過ぎなかった。ずっと後の話だが、吉野の桜を見に行く機会があったときも、「とりかいの観音さん」がどこにあるのかという興味から、それらしいお寺を観光ガイドや地図で探したことがあったが、結局見つからなかった。そのときも、それでがっかりするということもない。吉野の帰りに立ち寄った高取にある壺坂の観音さんが、眼病に効くのは誰でも知っている。ここは大和の薬売りでも有名なところだから、おそらくこのあたりに、できものに効く観音さんがあっても不思議ではないという程度に考えてはいた。

わたしがこうしてくだんの話を書くのは、久しぶりに里帰りしたときに叔母を訪ねたことがきっかけだった。叔母は軽い認知症になって、高齢でもあるというので、施設に入っていた。わたしのことは、やはり誰だか認識はしていなかった。叔母にとっては姉にあたるわたしの母のことは、幼い頃でとまったままである。ああ、おねえちゃんのむすこはんかとは答えるのだが、実感がどうしてもともなわないらしかった。

ところが、ひとしきり話をしてそれでは帰りますと挨拶をしていたのを遮って、叔母がふいにわたしにこう言ったのだ。

あんた　かんのんさんにとりかえてもろうたこやな

あいまいな返事をしてわたしは、また椅子に坐り直して、叔母の妙にひそひそと秘密の話でもするような語りを聞くことになるのだが、その話が、認知症を病むがゆえの妄想なのか、いくぶんかは正気になっての語りなのかはわからない。ただ目はあきらかにわたしを見ていない空ろな様子だった。叔母の脳裏に一瞬噴きこぼれるようにしてよみがえってきたことを、わたしはどう聞いてよいか戸惑っていた。

観音さんに取り替えてもらった子

「とりかいの観音さん」ではなく「とりかえの観音さん」だったのだ。観音さんに子どもを取り替えてもらうという意味である。わたしは、叔母のことばに少なからず動揺した。母ではなく叔母がわたしを連れて行ったことの意味をあらためて考えてみたのである。

叔母はわたしに、あのときあんたは取り替えられたんやと言った。観音様のおかげで、憑きものがとれて、ものができなくなったというのを、生まれかわったという意味でそう言ったのだろうと解釈していたが、「取り替える」という言い方がやはり引っかかった。別の赤ん坊と取り替えられたというふうに考えてしまうのが、われながら不愉快だった。わたしの顔立ちからいって、どう見ても母の子であり、父の子としか言いようがない。気性も、よく父のそれを受け継いでいたから、取り替えられたとはもちろん考えられない。ではどういう意味か。

認知症の叔母の話をまともに受け止める必要はないかもしれないが、やはり、今になって「観音さんに取り替えてもらった子」だと叔母が言うのは、参詣のときの記憶が強烈なものとして心に残っていたからにちがいない。

取り替えるというのが、叔母の感覚に強く残っているということは、母にしてみれば、わが子を取り替えるという意味において、さらに尋常のことでは済まされない。わたしを叔母にゆだねてとりかいの観音さんまで行かせたところに、なにかしこりのようなものを感じてしまう。家を発つ時点で、すでに「取り替えられる」ことを目的にしていたのではなかったかという疑念である。母は取り替えるということを承知で行かせたのではないかと。

自分の子を取り替えるということは、実の母にとっては忍びない。だからそれを母の係累にゆだねたというのである。これはわたしの推測だから、本当のところはわからないし、わたしは母の実の子であることは間違いのないことなのだが。

たとえ観音さんにいっとき子を預けるにしても、取り替えの観音さんに預けるのである。このわたしを別の子に取り替えてもらうという意味合いがそこに読み取れるからには、素直にそれに従えないのは当然である。「取り替える」ということが、観音の霊的な能力のことで、わたしに憑いているモノを落とすことを意味する。ただそれだけのことと、薬売りは説明したに違いなく、母も素直にそう考えておけばよかった。観音さんにおすがりして、憑きものを落としてもらい、モノのできない子に生まれ変わることなんだと、そう納得してはいても、憑きものを落としてもらうことと、子を取り替えてもらうこととは話が違う。しかし、頭全体を覆うできものが膿んで泣きやまない子のことを思うと、やはりとりかえの観音さんにすがるしかないのだった。

　母はむろん、わたしが取り替えられたとはつゆも思っていない。母がこだわったのは、「取り替え」の観音にゆだねるために、わたしを叔母の手に渡したときに感じた、底のない闇に足を踏み抜いてしまったような畏れ、わが子を捨てるという一瞬の闇に兆した意識を隠すことができなかったという慚愧にこそあったのではなかったか。そのとき、確かに母はわたしを闇の中に放り投げたのだ。叔母があのお堂の大甕の闇の底にわたしを放り投げたように。

　あの場所という闇。あの大甕の中の闇は、未だにわたしの中に宿っているのではないかとふと思う。

　わたしの身体は大甕の闇に浸食されて消え失せ、甕の底には、それと取り替えるべき何体かのわたしの身体が並べられている。観音は、その中の一体のわたしをそのかわりとして男の腕にゆだねる。漆黒の闇の中で行われる取り替えの秘儀には、観音の分泌する色濃いぬば玉の闇がさらにまぶされて、わたしは再びこの世界に帰還を果たしたのである。

　ところで、再び大甕から取り出されたわたしから、ほんとうに憑きものは落ちたのだろうか。確かにそれ以後、できものに悩まされることはなかったが、あれから数十年を経た今、かくのごとく、モノの語りに耳をそばだてる蠱惑に身を浸しているわたしがいる。霊験にすぐれた観音が、大甕の闇に並べた何体かのわたしの中から、どうして憑きものの気配を寄せつけぬわたしを選ばなかったのだろうか。

石目《いしめ》

宙《なかぞら》にふはりと石を浮かしをり渡り石工の石目と告《の》りて

さへ沼に蓴菜《じゅんさい》取りの小舟あり小さきカミのひそと坐《いま》せり[*1]

〔石の目〕

田に水が張られ、田植ゑが始まるまでのしばらくの間、その頃の夕まぐれは、不意に人影が途絶えて、水面を拭ふやうに風が、それまでの昼の時間を集落の方へ押しやり、石森のはうから、或いは棚田のはうから湿つた静寂を運んでくる。[*2]ちやうどそんな折りに、私の家の納屋からイシメサンが顔をのぞかせる。どこからやつてくるのか。少年の頃の私は、納屋の闇をかき分けてくるものだと信じてゐた。牛小屋の隣にある納屋は、子どもには絶好の隠れ家になるはずの空間だが、私の家では厳重に子どもが入るのを禁じてゐた。何が入つてゐるのかも知れなかつた。ただ子どもが納屋に入る例外が一つあつた。仕置きされるときである。このときも、夜分にまつくらな納屋にしばらく押し込められるわけだから、そこに何があるのかはわかるはずもない。

イシメサンは年に一度この時節に村にやつてくる。その間は、この私の家の納屋に住んだ。日常の施しも私の家から受けるのを常とした。ところが、イシメサンと私の家との間は親密ではなかつた。ほとんど必要なこと以外は口をきくことはない。私の家で、イシメサンと親しく接したのは子どもである私だけだつた。子どもでも、長兄は特にイシメサンと口をきいてはいけないと厳しく戒められてゐた。

イシメサンの背丈は小学校を上がるくらゐの子どもよりまだ低い。体型もとても力持ちとは思へないのだが、こと石に関しては様子が違つた。まるで軽石を扱ふかのやうに、自在に石をあやつつた。まさか素手で持ち上げはしないが、木でできた不思議な道具と滑車を組み合はせてそれらを巧みにあやつりながら、大きな石を動かすことも、持ち上げることもできた。

イシメサンは田植ゑが始まるまでのほぼ一月を、棚田の石垣の補修や畦の石組みの石替へをして過ごした。しかし、これも慣はしだらうか、それらは頼まれてやる仕事ではなかつた。ぶらつとでかけて、勝手に仕事を始めるのだ。村人たちはそれについても何も関はらない。イシメサンにお礼の一つも言はないのである。

万事がそんなふうで、村人は、イシメサンが見えないかのやうに振る舞つた。

そんなイシメサンを子どもはほつておかなかつた。いつもイシメサンの周りには学校帰りの子どもがまつはりついてゐた。イシメサンも子どもを邪慳に扱ふことはなかつた。おしやべりが好きで、子どもを笑はせながら仕事をした。石を扱ふ仕事だから危ないといふ理由で、親に見つかると追ひ払はれたが、見つからない時は、子どもに相手になりながら、石を組み、石を削り、石を動かした。一抱へもするやうな石も、イシメサンにかかれば綿菓子だつた。巧みにロオプと木組みと滑車を綾取りのやうに仕掛け、少しの無駄もなく作業をする様子は子どもながらに目を瞠つた。その間も、子どもをからかひ、旅回りの珍しい話を繰り出し、手をとめて怖い話もする。

時に、剝《へつ》つたばかりの石片を掌に載せて、それにふつと息をふきかけて、宙に浮かせると、もう片方の手を上の方から添へて、ぐるぐる回す。すると石片も同じ方向に宙にあるまま、ぎごちなく回るといふやうな手品紛ひの技も披露してくれる。手を止めて、イシメサンに見るやうにうながされて、掌にある石片を見ると、それは一つ目の形になり、真ん中に墨壺の墨でいつのまにやら黒い目玉がつけられてゐる。

「渡り石工の石目でさあーい。」

〔つまづき石[*3]〕

私の脛に淡い臙脂の痣がある。水に浸したり、風呂に入ると鮮やかな色に浮き出すのだが、田圃に水が張られ、苗取りの季節になると、それが一層息づいてくる。水に浸けなくともこの雨季には臙脂に潤つた。

「つまづき石」のことをもう誰も語らないが、みんなつまづいた。つまづいてみんな脛に痣をつくつた。それがこの村といふ共同体の成員のしるしにもなつた。いつだつたか、村の耕地の圃場整備があつた折り、この石を邪魔にならないところへ移さうといふ話になつた。ところがいくら掘り返しても、果てがなかつた。畦の地表から五寸ばかりでてゐるだけだが、なだらかな山なりのカアヴのまま地面に没して、しばらく掘ると、垂直に地中に沈み込んでゐる。いくら掘り下げても底には達しなかつた。いつそ重機で破砕してしまへといふ話になつた時、それに私は異を唱へた。今は余所者とはいへ、その畦はかつて私の家田のそれであつたし、その石にまつはるこもごもは、すべて私の家が差配してゐた由縁もあつて、跡取りであつた長兄が既に没してゐるからには、村も私の異を容易にしりぞけることもできかねた。

　彼らはとりたててこの石を意味のある石だとは思つてゐなかつた。子どもの遊び場でもあつた広い畦にある厄介な石程度にしか思つてゐなかつた。子どもはよくそれにつまづいて怪我をする。それどころか、軽トラックがしばしばその石に乗り上げて、そのはづみで畦から田圃に落ちるといふ事故までも起きた。

　しかし、と私はズボンの裾をまくり上げて、臙脂の痣を示しながらみんなに問うた。あなたがたの脛を見よ。これと同じ痣を誰もが脛に持つてゐるであらう。これはただの傷跡ではない。この村の民といふしるしではないか。寄り合ひの宴席では、酔へばいつも脛の痣のかたちや大きさを競ひあふではないか。この痣を脛に持つことによつて、お互ひが村の同志であり、深い絆を結ぶ同胞であることを確認しあつてきたではないか。われわれを一つに束ねてくれたこの特別な石をむげに取り除いていいものだらうかと。

　果たして、つまづき石はからうじて、同じところに居坐ることができたが、私の気は晴れなかつた。なぜなら、既にその石が、村役たちの思ふやうなただの厄介な石へと変質してしまつてゐることに私自身気づいてゐたからだ。

〔石の芽〕

イシメサンは毎年、棚田や用水路の石組みの修繕のために村にやつてくるのではなかつた。イシメサンは、年に一度、この時節につまづき石を剝《へつ》りにやつてくるのだ。もう田植ゑが明日にでも始まらうといふ日の夕刻に、だれもゐないそのつまづき石のある畦にひとりやつてきて、鑿《のみ》と鎚とでその石を剝る。私は一度だけこの時にイシメサンに誘はれたことがある。もう学校を上がるか上がらないかの頃だつたか、既にイシメサンの背丈を越えてゐたやうに思ふ。いつもにぎやかなイシメサンはこの時ばかりは無口で、鎚さへ重たげに肩にかついでゐた。まるでお葬式の行進のやうだと思つた。

イシメサンの鎚音は、犬のかなしげな鳴き声のやうに聞こえた。いや、その音は鑿の頭を打つ鎚の音ではなかつた。イシメサンが泣いてゐるのだ。いや泣いてゐるのではない。うたつてゐるのだ。ことばはまるきりわからないが、何かの楽器の口まねをしてゐるやうにも聞こえるが、確かに節があり、リズムがあり、何よりも子どもごころにも通ずる何かの訴へか、祈りの切実な響きがあつた。

では、鎚の音は？　と見れば、鎚は鑿の頭を叩くか叩かないかの寸前で止まつてゐるのだ。石を剝る真似をしてゐるのだとわかつた。鑿をこねるしぐさや、細部を慎重にこさへるための鎚の扱ひまでも、真にせまつてゐた。

いや、イシメサンは本当に鎚を鑿の頭に打ち込み、石を剝つてゐたのだ。イシメサンには見えもし、聞こえもしてゐた。鑿が石に食ひ込む時に散る火花も、鎚のリズミカルで、時にずしりと力が込められた確かな一撃の音も、辺りに飛び散る鋭い石片も、石粉にまじつて、石と金属とが熱を帯びて出す匂ひも、イシメサンには見え、聞こえ、鼻をとらへてゐたのだ。

この石は水に潤ふとよう伸びるからさあ。
背丈が伸びぬやう毎年やつてきて剝つてやるさあ。
剝つてやらなきやあこのイシメの丈をも越えるでさあ。
これで農事にも障《さは》らぬでさあ。

一仕事を終へて、イシメサンは饒舌になつた。

これがイシノメさあ。

イシメサンにうながされて、きれいに刹られた（らしい）つまづき石を見つめた。

私はその時初めて、イシメが「石の目」ではなく、「石の芽」であること、同時に「つまづき石」が「石の芽」をもつ樹のやうな生き物だつたことに気づいたのである。

イシメサンは戦後も昭和三十年頃まで田植ゑ前に村にやつてきて、つまづき石を剃つてくれた。ただ、戦後のイシメサンは、私の少年の頃のイシメサンではなかつた。同じやうに背丈は低かつたが、私よりもずつと若く、はにかみ癖のあるひとだつた。

いや、「ひと」ではないと訂正すべきだらうか。私の少年の頃のイシメサンも戦後の若いイシメサンも「小さきカミ」だつたと。

その若いイシメサンも昭和三十年を過ぎたあたりから石を剃りにこなくなつた。

☆

＊1　私の『歌稿ノオト』から《イシメサン》の歌を二首添へる。

一首目は、戦前のイシメサンの思ひ出。

二首目は戦後の歌稿。「さへ沼」に若いイシメサンがひとりゐるのを見た時の印象。「さへ沼」は村境の石森近くにある村の水源の一つ。水源の中では一番高い所にある山沼。

＊2　田植ゑが始まる前の、一面水に浸された村の棚田や平地の水田の水の風景は、さながら「うみ」である。さうやつて鏡面のやうに水の張られた田圃に村が囲繞される時、村は地上の時間の軸を失ひ、「うみ」に浮かぶ寄る辺ない島の時間を渡り始めるのだ。だから、イシメサンのゐるところに村が漂着するのではない。イシメサンが村にやつてくるのだ。

さうやつて、田植ゑが始まるまでのしばらくの間、村は島の時間の中にたゆたふことになる。「つまづき石」は、ちやうど舫《もやひ》を結はへる時間の杭のやうに、村が島の時間から外れてしまふのを防いでゐるやうにも思へる。

＊3　つまづき石が掘り返されたのは、圃場整備の時が初めてではなかつた。元来、村の境の山地を石森と呼ぶやうに、凝灰岩の岩盤の走る土地がらで、石森には石切場の遺跡も残つてゐる。従つて、耕地に混じる石や岩を取り除くのは定期的な村仕事の一つだつた。そんな折りに、これまでも何度か、その石を邪魔な石として取り除くことが試みられたはずだ。しかし、この小さな突起物が、実はとてつもなく長大な巨石の一部であることを知るに及んで、取り除くことを諦め、元通りに埋められた。ただし、石が地表に出てこないやうに埋められたはずである。しかし、いづれ踏みならされてゐるうちに、石は頭をのぞかせる。さうした一連の記憶が薄らぐ頃に再びこの石は邪魔なつまづき石となつて、撤去を検討されるといふことが幾度か繰り返されたのではないだらうか。やがて、踏み固められて頭をのぞかせたといふ文脈から、しだいに、石の方で頭をもたげたのだといふ物言ひに変はつていつた。いくら土を固めて石を覆つても、いづれ石は地面を割つて筍のやうに顔を出すやうになつていく。

掘り返して、埋めもどし、土を盛るが、石は土を割つて頭をもたげる……。時が経つて、石の来歴は忘れられるが、しかし失はれた記憶の上澄みのやうなものは残る。みんなつまづいて難儀する邪魔な石なのに、そのままおいてあるのには、何かある。この石には何かある。しかし、はつきりとは知れない。これが、村といふ共同体の記憶としておぼろに残された。

ことに、その石が私の家田の畦にある以上、私の遠祖はこの石の来歴に並々ならぬ思ひを寄せてゐたことは容易に推測される。「石のはうで頭をもたげたのだ」といふ感慨は、あながち突飛な想像とは言へまい。

かくして、つまづき石は成長を始める。その石の芽を剗るべくイシメサンがこの縁起に顔を出すことになる。しかし、イシメサンがどうやつてこのつまづき石に辿り着いたのかといふ来歴を記すことはなかなか容易ではない。どうしても、イシメサンとつまづき石との結びつきが希薄すぎるのである。偶然にイシメサンも、この石につまづいたのであるとしか言ひやうがない。しかし、石につまづいたとして、それが神懸かりのしぐさに洗練されるまでの動機が乏しい。

私の「つまづき石縁起」は、ここではたと頓挫する。

私はイシメサンの言ふとほり、つまづき石の芽を摘むためにイシメサンはやつてくるのだと思つてゐたのだが、或いは、村人にとつては難儀なつまづき石ではあつても、イシメサンにとつては、全く別な意味を持つ石だつたのではないかと考へてみた。イシメサンは、ほんたうに「石の芽」を摘みにやつてきたのだらうか。

＊

最近になつて、昔の記憶を辿りながら、村の畦につまづき石を探しに行つた時のことである。用水路に水が走り、村の田圃が徐々に水に浸されて、集落を残して一面が水の王国に変貌する様子を、私はあのつまづき石のある畦に立つてながめてゐた。畦を残して、ことごとく水没していく村の様子はほとんど昔のままである。辺り一面に空を映じた田圃の水鏡の端に、ふと私の姿が見えた時だつた。その水鏡の色のない空に、イシメサンが映りこんでゐるのを見たやうな気がした。

その時、イシメサンは村の土地に水田が開かれるはるか以前からここに住んでゐた人の末裔ではなかつたのかといふ思ひが、不意に胸につかへるやうにこみあげてきたのだつた。

いや、イシメサンだけではない。棚田や平地の田圃となつてゐる村は、元は、石森一帯の石工であつたイシメサンたちの土地だつたのではないか。そしておそらく、このつまづき石は、彼らにとつては何か特別な意味を持つ巨石だつたにちがひない。つまづき石のある畦が、今も車一台が十分通れるほど幅が広いのは、その石のせゐである。田圃ができる時に埋められて畦を整備したのだから、元は、石のかなりの部分は地表に露出してゐたはずだ。

他愛もない推測に過ぎないが、私の出自の村の支配を受けるやうになつて、その石混じりの荒地にも新田開発が行はれ、畦の石組をほどこし、運搬に支障のある大きな石を割つたり砕いたりするために、或いはイシメサンの遠祖にあたる石工たちが駆り出されたのかもしれない。しかし、その巨石に手を加へることに対しては、強く抵抗したのではないか。石工たちの技術をもつてすれば、つまづき石の目を読んでそれを破砕することはさう難しいことではなかつたはずだ。その石が石工たちにとつて何か特別な意味を持つ石であつたために、それに手を入れることは憚られたのではなかつたか。

石森の石切りの衰退とともに、彼らの多くは渡り石工として、村を出て行つたなかで、イシメサンの遠祖は、最後までその巨石の行く末を見守つてゐた人の末裔の影を帯びてゐるやうに思へるのだ。イシメサンは今は放浪の石工だが、その畦のつまづき石は、イシメサンの遠祖にあたる人々の土地のかたしろ、もしくはシンボルのやうなものではなかつたのか。

一年に一度、水が村の土地を水没させる頃に、イシメサンは、この石が水没から免れてゐるのを見届けるために現れるのだ。あのイシメサンの神懸かりのしぐさや歌は、水の村に逐はれた石工たちのシンボルである巨石の魂を鎮めるための行為なのではないだらうか。石の芽を剃るのではなく、むしろ、石の目を覆ふ記憶の翳《かす》みを拭ひ去るしぐさであり、歌なのだ。

さう思へば、私たちの脛にある臙脂の痣が、また別の相貌をもつて蘇つてくる。あれは村の子どもをつまづかせ、その禍《わざは》ひを、逐はれていつた人びとの傷として刻印したもののやうに思へるのだ。あの凝り固まつた血の色は、共同体の成員であることを示す聖痕といふよりも、イシメサンたちの記憶の彼方に澱む無念の色であり、私の村にとつては、イシメサンたちの聖なる石をないがしろにした癒しがたい傷の記憶なのだと。

シイド・バンク（seed bank）

予《かね》て、私の歌のなかのどこを探しても私が見つからないことを難ずる批評がある。歌のなかに私がゐないことのみを歌の瑕疵としてあげつらふのは承服しがたいが、歌のなかの私がどこに隠れてゐるのかといふ点については、実は私自身にもわからない。

ところが、過日、シイド・バンク（seed bank）といふ植物の種子の話を聞くに及んで、なるほどと合点したことがある。

植物の種子は、風や水や鳥や獣の助けを借りて、遠くへ運ばれてゆく。そこで発芽の時を待つわけであるが、その土壌が生育に不利な環境であるならば、種子は発芽できない。いや、みづから発芽しない。土壌に何らかの変化がもたらされ、生育にふさはしい環境に変はつた時、やうやく種子は芽吹く。その時まで、じつと待つことができる。何年でも何十年でも、何百年でも。さういふ発芽を待つ種子が貯まつてゐる土壌を「シイド・バンク（seed bank）」と呼ぶ。

仮にシイド・バンクが、私の歌の土壌にもあるとすれば、それらの歌の種子は、言葉として開かれる環境にないゆゑに、じつと種子のまま眠つてゐるといふわけである。

ところで、私の歌の土壌にうづめられた歌の種子は、どこからやつてきたのだらうか。おそらくは、まづ私自身や私に関はる履歴から導かれる記憶や、その断片を封じたものが多くを占めるのはいふまでもない。しかし、私の歌の土壌は、これら種子の生育には馴染まないらしいのだ。

そのかはり、私の与り知らぬ未生の記憶や、私とは全く関はりのない誰かの記憶の断片、さらにはヒトの来歴にまで溯る途方もない時代の記憶の種子といつた、私の非在に紛れ込んだ種子は容易に割れるやうだ。

ただし、初学以来二十年を経た私の歌の土壌に、これから先なんらかの変異が起こらないとも限らない。

その時のためにも、割れぬ歌の種子のひとつひとつに、言葉《うた》が確かに装塡されてゐることを忘れまい。それらの種子がなにゆゑに、或いはいかやうにして私のなかに播かれたのかを問ひ続けるためにも。

例へば、タンポポの種子の散布を思ひ浮かべる。先端の冠毛と種子を繋ぐあのひとすぢの糸のたくらみを思ふ。種子の重さと冠毛の浮力を、それは単純に繋げてゐるわけではない。充溢した生命の一揃へを籠めた種子を、風をはらんで遠くへ飛ばす冠毛にゆだねるための細いひとすぢのたくらみ。

言葉《うた》といふものの力はさういふひとすぢの糸に喩へられるやうな気がする。言葉は種子ではない。言葉は風を孕むことはできない。ある空殻に生命装置を眠らせたまま充塡したものを種子といふならば、その眠りの中で続けられてゐる何ものかへの魂の交信。それが、その先端に冠毛を結はへたかぼそい筋力を養ふのだ。言葉《うた》といふひとすぢの力を培ふのだ。

（『石目』二〇一三年書肆山田刊）

詩集〈名井島〉全篇

朝狩《あさかり》

植物図鑑の雨の中を　男は朝狩から帰還する
猟の身繕いのまま弓と胡籙《やなぐい》を床に投げ出して
仕留めた獲物を閲覧室の机に置く

それは耳の形状をした集積回路の基板《チップ》の破片
だった　彼の矢が過たずにつらぬいた空《うつろ》が一
点の闇を点している　矢の径よりも小さな基
板を射抜いて　錐眼《すいがん》のごとき仮想の穴を穿つ
技はこの世紀のものではない

傭兵だった男は彼の世紀を逃れてこの図書館
に漂着した　ここを住処に自らの集積回路か
ら剝ぎ取られた幼年の記憶の基板を探すため
に　紙片と眼差しに封じられた累々たる文字
の列を追い立てながら　朝狩に発つのだった

男はピンセットで今朝の獲物を丁寧に摘みあ
げ　小さな闇に眼差しの糸を通して眼を閉じ
る　穀雨の湿りをにじませて　息づくような
森の緑に濡れた基板が微かに震えている

I　島山

をりくち

そのをりふし
こかいんを鼻腔にしのばせ
かそけき花虻のえんじんを組み込んで
あなたの影法師はぬかるみの地誌にまみれた
驟雨の束を刈り
霧雨をおとがひにあつめ
あをさぎの眼差す吃水線に

しゆんしゆんと綺語が沸き立つ

道にたふるる人も馬も
古石《ふるいし》のふみのひそけさ

雨に濡れ
さるなし
やまぶだうの葉
ゆきなずむ
ここを撫でて
擦り切れた羽のやうに
うたを接いでいく揚力をうしなつて
海のあなた
山のさへ

みのも
かさも
つけず

口を折り
開いた分包から微粒のけぶりたつ薬香にむせかへる
旅寝の
夢の
ほどろ
ほどろに
さあをい穂状の腸《わた》がふるへ

さながら風景の木霊のやうに
島山《しまやま》のさみどりが
斉唱してゐる

*折口信夫の歌から引用した箇所がある。

コホウを待ちながら

コホウはやつてくるだらうか

稲田の境に立つ柿の葉のそよぎ
穴井の底の水影のくらいゆらぎ

かうして旅のなかぞらに
途方にくれて
コホウを待つ

くさつつむ　いしのつか
ひとも　うまも
みちゆきつかれ
コホウのやつてくるのを
待つてゐたのだらうか

コホウのことはわからない
素性を隠した神仙の名のやうにも思へるが
路傍の小さな祠に住む名もなき神のしはぶきにも聞こえる

すべなくて
小さくコホウを呼べば
いつそうさびしい現身《うつそみ》のわれとなり
かつて〈コホウ〉と口うつしに言はせた少年の
うすいくちびるのかたちに開いた
あけびの花の香のする方へ
わが旅程はねぢれ

胸のつかへをうたによみ
うたの空虚をうつしうつし
脛の痛みに紛れて寄りそつてくる
かそけさの影には気づいてゐても
コホウはそこにゐない

すれ違ふひとも絶へ
驟雨にぬぐはれた島山を見晴るかす馬がへしの道を
やつてくるもののやうに歩く
コホウのやうに歩く

＊折口信夫の歌から引用した箇所がある。

島の井

山羊のゐる家を過ぎて
島の井に寄つたのはきのふ

穴井の底の暗い水影から
まだもどらないわたしを待つて
けふが過ぎる

この島では
山羊の数だけのよろこびがあると
教へられたが
人のうれひについては
だれも口にしない

目覚めつついまだ夜深く
荒浜に出でて
なほも帰らないわたしをうたふ

あすは半島のさきの
きのふの島の井の水の行方のはて
山羊ひとつなく漁の住まひに
島をみなの尻のやうな甕の底をのぞきに行くだらう

わたしといふ舫《もやひ》の先に
すでに舟はなく
島も見えないといふのに

＊折口信夫の歌から引用した箇所がある。

島のことば

＊

言い争う声が聞こえた
島のことばは　さっき森で聞いた島の声に似ている

この島には
ことばをめぐる争いしかない
親に与えることばをどの程度粉砕すべきかについて
犬にやる餌のことばの大きさについて
鳥の詐欺罪を論証することばの可否について
また　次の便でやってくる言語採集船に許可すべきことばの総量について

わたしには鳥の声にしか聞こえないので
島の時間は進まない

通訳に頼むと
わたしのことばは
この島の森にいる鳥の声に似ていると
島の人は言っているそうだ

＊＊

使用済みのだれかの記憶を抹消したものにわたしたちの記憶は記録されるのだろうか
時々消去しきれなかった痕跡のようなものがわたしの記憶ににじむ時がある
自分の境遇や　体験や　履歴からは決して辿れないその痕跡にとまどうことがある

この島　今ここにいるこの島ではないこの島にいたという記憶の耳
「島は半島の記憶において島である」
通訳が困ったような顔をして島の子どものことばをそう直訳してくれた
まさか子どもが言うようなことばではない
しかし　通訳は真顔で次のように意訳してくれる
「島は記憶の捨て場である」
「半島」は島では「黄泉」の俗語として使用される頻度が高いが　そう解釈すると
自分たちは「黄泉」に連れて行ってもらえなかった記憶だと言うのだ

島では　ことばは純度の高い記憶にまで煮詰められてい

る
それゆえに島のことばは年齢差も性差もなく、文法も語
　彙も、交換と循環の交通路を
絶たれて島ごとの変異が際だっている

通訳

丸木舟を使って島から島へ移動する
ほんとうは舟を使わなくても
水の上を歩いて渡れるのだと島の人は言う
それでも舟を使うのは
舟はことばを運ぶものだからだ
ことばを持つものは
舟でないと他の島へ渡れない

もともとことばだけが丸木舟で移動した
「空ろ舟」とでも訳せようか
「空ろ」というのは
ことばが充ちているという謂いである
と通訳は付け足した
それは「カミ」をのせた舟のことではないのか
と通訳を通して島の人に尋ねたが
「カミ」をどう訳したのか
別の話に変わってしまった

＊

わたしたちは山羊がしばしば海の上を歩くのを見ている
ことばを脱したものだけが水の上を移動できるのだ
ことばを持つことは
他の動物と比して優位のしるしではない
むしろ早く身から引きはがしたいとさえ願っていると
通訳は山羊を見ながら
教えてくれた

島の人がそう言っているのかと尋ねると
おれの感想だと
不機嫌に答えた

＊

そう言えば
たまに
島影から
空ろ舟が流れていくのを見る

あれはどこにも着かない
と通訳がわたしに言う
島の人がそう言っているのか
と通訳に言う
言ってしまってからしまったと思う

「言わなくともわかる
ことばは島の外に捨てられるのだ
人が死ぬと
人に詰めてあったことばのいっさいは
舟に積んで流すのだ
ことばは人のものではない
借りたものだから
返すにしくはない」

島は何処にあるのか
皮肉っぽくわたしは通訳に聞いた
「おれのことばのなかに」
通訳がわたしの理解できる言語で話したことばのなかに
　あると言う

わたしが島にたどり着くためには
通訳との契約を解かねばならないと心に決めているが
通訳はわたしのことばであり
わたしのことばとの契約を解くということは
わたしが島の人になることにほかならない
わたしが島の人になれば
島のことばやそこに仕組まれた島の人の宇宙観を解読す
　る意味はどこにあるだろうか
島の人になればわたしはいずれそれらを理解するだろう
しかし　それを島のことばで

誰に語る必要があるだろうか

そうやってまた一日が暮れる
わたしとわたしの通訳とよく似た二人連れが
島にやってくる夢を見るようになった
夢のなかで彼らのことばがわたしにはわからない

雲潤《うるみ》

半島の突端へは
雲潤の森を抜けてゆく

籐籠に入れてきた通訳は
栗鼠の身体をもっているせいで
森に棲む在来種の栗鼠の言語の踏み音が障《さわ》るせいか
そのたびに
しゅっ　しゅっと
邪気を払うように

声にならない気配を立てる

*

森といっても何も見えない

雲潤はわたしがいることで生じる気象だから
半島の静脈を浮き立たせる白い隘路を読み取るには
目はあかるさだけを受け入れればいい
ほかは耳にゆだねて　と
栗鼠の通訳は言う

靄のいき

風の種

空《そら》の実

うるみから
くるみへ

ぽつり　ぽつりと
言語のひかがみをさすりながら
耳にうつりこむ雲潤の森を抜けてゆく

＊

うるみと名付けられた島が
この島嶼のなかにあると
通訳の栗鼠に誘われて
半島の突端にようやくたどりついたが
ながめやる海上に
島などひとつもみえなかった
どこまでも透明で
空と海のあわいも
どこまでも深くたどることができる

見はるかすうみのうるみ
栗鼠の通訳がそう言ったのを
空耳のように聞いた

しゅっ　しゅっと
舌に息をなめしながら
栗鼠を呼んでみたが
返事はなかった
背に負う籐籠に
胡桃の実がひとつ
摘まみ上げると
栗鼠の記憶が微量に付着していた

II　夏庭

夏庭1

　庭を眺めて一日を暮らす生活は苦痛ではなかった。籐椅子に身を横たえて眺める庭は、しかし手入れされた庭ではない。びっしりと植物が茂って、庭に下り立つこともできない。庭の果てはあるのだろうか。あるいは、どこかに境界のようなものがあって、影像的な処理がほどこされていて、果てがないように見えているだけのことかもしれない。そう考えないでは、このコロニーが広大であるとはいえ、収容されているわたしたちが二、三十人程度で、誰ともほぼ毎日顔を合わせることを思えば、牧場のような広さの庭がそれぞれの家に附属しているとは考えにくい。しかし、少なくともわたしの目には、果てのない夏草の庭に見える。

ゆるやかな監視の気配はあったが、コロニーが柵で囲まれていたり、守衛が厳重にチェックするゲートが設けられていたりしているわけではない。画一的な一戸建ての建物の飾りのない簡素なたたずまいに、《機関》の施設に共通した特徴を見出すことができるほかは、静かな郊外の居住区という印象が強いだろう。

このコロニーを「夏庭」と呼ぶ。わたしたちは「なつのにわ」と呼んでいるが、《機関》による正式な呼称は「カテイ」である。「夏」があるからには、「春庭」、「秋庭」、「冬庭」と四季に応じた施設が存在する。そのうち、「冬庭」はコロニーではない。わたしたち《ヒト標本》専用の墓地である。ただし、わたしたちのすべてが、「冬庭」に葬られるわけではない。厳選された《ヒト標本》だけが埋葬される。勿論それには理由がある。「冬庭」はただの墓地ではない。《機関》の研究施設でもある。役割を理想的にまっとうした《ヒト標本》のあらゆる履歴やデータは、次の世代の《ヒト標本》の研究に生かされるわけである。

「冬庭」に送られる標本は、「秋庭」に収容された者たちから選ばれる。「秋庭」は言わばリタイヤした《ヒト標本》の余生を送る施設であるが、ここに入れる者も厳選されるのは言うまでもない。今はそのこと以外はわからない。

「春庭」は、ここにいるわたしたちのだれもが入る研修施設である。そこで《ヒト標本》としての必要不可欠な研修が施される。そこでの思い出もたくさんあるが、それもいつか記したいと思っている。

「夏庭」では、《庭師》と呼ばれる役割の男女が、わたしたち一人一人についている。

《庭師》は最初の挨拶で、わたしはあなたですと言った。

ここには、影はない。「夏庭」の大気や光は永遠の層にある。それは、非常に暗喩的な意味合いがこめられているようだ。

影はわたしたちを内省的にします。影に気づくことによって、わたしたちは、みずからの存在を反省的に触知する。しかし、それは文字どおり、わたしたちの存在を脅かす影。

コロニーでは、あなたの影がわたしなのです。

夏庭2

この庭に生い茂る夏草には、むせるような匂いや温気はない。そのように見えるだけである。庭には入れないが、近くの草なら手を伸ばして手折ることができる。今わたしが手にしているのは、チガヤの白い穂。

「Imperata cylindrica（L.）P.Beauv. 単子葉植物イネ科チガヤ属の植物。原野や堤などに普通な多年草。地下茎は細く、長く、横にはう。初夏に穂を出し、穂はまっすぐに立つ。全体に絹白色の綿毛に包まれ、よく目立つ。種子はこの綿毛に風を受けて遠くまで飛ぶ。〔分布〕温帯から熱帯。北海道、本州、四国、九州、アジア、アフリカ。」


わたしは「植物図鑑」のチガヤの項目を声に出して読む。それから庭師と、チガヤについての雑談が始まる。なぜ、チガヤを選んだのか。今まで見たことがあるか。あるとすればそれはいつ、何処で、どんな思い出？　尋問の形式ではなく、そうした質問を溶かしこんだ話題が、自然な起伏をつくりながら続いていく。

庭師とともに過ごすこのひとときは、もちろん「夏庭」での重要なプログラムなのだが、話題に誘いこむ庭師の巧みな刺激を心地よく受け入れながら、わたしはいつまでも話し続けていたくなる。わたしの話のほとんどが作り話で、見たこともない人物が現れ、聞いたこともない場所に迷いこんでいく。ええ、兄は男の子のくせに、道端の草の名前はどんなものでも言い当てることができました。ただ、いかにも男の子だと思うのは、必ずその草の学名をまず呪文のようにつぶやいてから、いろいろなことを教えてくれるのです。その学名を口にする時の、得意げな調子の発音が、悔しいことにとても耳に心地いいのです。庭師は、それが作り話であることをむろん知っている。うそかほんとうか、そういうことはわたしたちの埒外である。なぜなら、《ヒト標本》であるわたしたちには、その原型となるヒトがいるのは当然で、彼の（彼女の）履歴は消去されているものの、それらの履歴を組み立てている神経系の記憶伝達の受容システムはそのまま残される。完全な成人の《ヒト標本》として生きていくためには、「白紙」の履歴ではどうにもならない。それまでの履歴をスムーズに矛盾なく組み立てることができるように、比喩的に言えば、原型となったヒトの《残滓》を断片的に混ぜておくということになる。したがって、わたしの「履歴」も一通りではない。何通りもある。問題は、そうしたことが、ヒトとしてのアイデンティティの障害にまで陥ってしまう不具合をきたす《ヒト標本》が生まれることである。そうした《ヒト標本》を選別するのが「夏庭」というコロニーの役割の一つである。

テーブルの上には、幾冊かの植物図鑑とルーペ、双眼鏡、これは庭に入れないので、遠くの植物を見たり、夏庭にやってくる鳥や昆虫を見るのに使う。それから、読みさしの本、コロニーには図書館も備えられている。「夏庭」の植物のすべては、言うまでもなく《標本》である。地域性や高山地帯、低山地帯、里、湿原などの環境も取り払われて、無造作に並んでいる。それらのなかからチガヤのように任意のものをこちらが選ぶのが通常だが、時には庭師が選んで、これはどう？と話題を引きだす場合もある。実はそんな場合は、理由はわからないが、決まって胸が高鳴る。それがバルコニーから遠く離れた植物の場合、庭師の指す植物を双眼鏡で探すことになる。庭師と二人、双眼鏡を覗きながら、「ほら、あそこ」「どこ？　ここ？」「そこ、じゃない」「ここ？　ここ?」「そこ　そこ」と囁きあっているうちに、庭師の双眼鏡が覗いている植物の密生した「夏庭」が、わたしの「夏庭」なのだと気づいた最初は、さすがにどきっとさせられた。

＊

この稿は、わたしの語ったことを庭師がタイピングしたものである。本当は庭師の書き上げたものをわたしが目を通して、わたしの文章として認証するという手続きが必要であろうが、それはやらない。これも「夏庭」のプログラムの一つであることは言うまでもないが、庭師の最も重要な任務は、この口述筆記であると言われる。

わたしの話したように、庭師は写しとっていないかもしれない。しかし仮に、庭師がわたしの語った内容とはまるきり違ったことを口述筆記として記したとしても、わたしは庭師の書き得たことばの方に、より近いわたしがいると思っている。

註　「チガヤ」の説明には、『原色日本植物図鑑』(保育社刊)などからの引用と脚色がある。

夏庭3

わたしの傍らに庭師はいつもいるのだが、庭師のたしなみとして、わたしの視界に入ることは極力ひかえている。もちろん、二人して話す場面もあるわけだが、その場合でも、「夏庭」を前にして、二人は庭の方を向いたまま、目を合わせることはほとんどない。ふたりがそうやって対話する時間は多くはなく、ふたりはお互いに黙しているのが通常の過ごし方である。

しかし、その時もわたしたちは交信しあっている。ことばではなく、ある種の意識通信とでも言えばいいか。声(ことば)に変換するまでの間に、潰えてしまうこうした意識通信では、ふだん下界にいる時には考えもしなかったようなことを交信しあっている。

「家族」のこと。《ヒト標本》であるからには、家族などわたしにはない。幼年期も思春期もないのだから、父も母も姉弟もいない。それが可笑しいことに、わたしにも家族があったのだ、ただ忘れていただけなのだと思い始める。

ほととぎすばし　そう聞いたのはわたしだったのか
ほととぎすばし　そう言ったのはわたしだったのか
驟雨のようになにかこころがしめって
さくらがわ
息を合わせたように
庭師と意識が重なった

あなたは　わたしのおとうと?
お　と　う　と

桜川ね、桜川の秘密基地。泳げなかったのよね、あなた。

ちいさいときはわたしの言うことをみんな聞いてくれて、素直だったあなたが、いつのころからか、すっかり言うことを聞かなくなった。ずいぶん憎らしくなって、気がつくと、もうあなたに話すことがなくなっていた。

そんなときだったかしら。さくらがわ。あなたがおぼれそうになったのを、わたしが助けたのを覚えている?

あれは、ねえさんがぼくを突いて、深みに落としたんだよ。いまでも覚えている。ねえさんの鼻のつけねのしわ。あ、きつね　と思った瞬間に、深みに足をとられたんだ。

うそよ。

いや、ほんとう。でも、すぐにねえさんは助けてくれた。そのときのねえさんの眉も覚えている。

どうしてこんどは眉なんか。

涙をこらえているみたいだったから、目を見ないように、一生懸命、眉ばかり見ていた。

さくらがわ。なつやすみ。わたしたちは、孤児になった姉弟ごっこをやっていたのよね。

そう、おとうさんもおかあさんもいなくなって、ほととぎす橋の下で生活をするということをやっていた。

へんなきょうだいね。

そう、へんなきょうだい。

さくらがわ。でも、ほんとうにわたしたちに親はいたのかしら。もともと孤児だったのではないかしら　わたしたち。

ほととぎす橋　ここ　やっと思い出したね
ほととぎす橋の下から眺めた桜川の河原

でも
でも　あなた　の　なまえ
あなたの　なまえ
おとうとの名前を忘れるおねえさん　ているかしら

さくらがわ
ほととぎすばし

＊

「夏庭」の滞在期間は決められていない。というよりも、だれも自分の滞在期間を指折り数えることはできない。「夏庭」には、時間は流れないからである。正確にいえば、コロニー全体に時間は流れていない。停止している。停止した時空のなかで、わたしたちは生活している。そこで過ごしたわたしたちの時間は、確かに流れているが、朝を迎えるたびに、前日の時間は消去され、巻き戻されている。「夏庭」のコロニーを出る時には、そこで過ごした時間は存在しないことになっている。

ただ、巻き戻された分の幻の時間は、庭師によって記録され、「夏庭」の図書館に保管されている。

朝早く、時間の流れない「夏庭」の草の葉に、露の玉がおりる。その時間の露の玉が消えた時に、わたしと庭師の幻の一日が始まる。

わたしたちの幻の時間を閲覧することができる図書館

で、今日、わたしはこの奇妙な姉弟の会話に目を留めた。わたしはそれを庭師に語った。そのような意識通信が身に覚えのないものだったからではない。（わたしたちの会話も意識通信も消去されるのだからそれは当然のことである。）

さくらがわ
ほととぎすばし

わたしや庭師の記憶から削ぎ落とされてしまったことばであり、場所である。しかし、それらのことばには、他ならぬ、削ぎ落とした痕跡が、わたしの記憶壁の傷のように残されていたのである。

わたしはいずれコロニーを出ていくだろう。入ってきた時とまったく同じ時刻に。とぎれのない、縫い目のないこの連続するなめらかな時間に封じられた幻の「夏庭」の時間の存在すらも知らずに。

しかし、「夏庭」のコロニーを出る時に、再び寄り添ってくるわたしの影が、さくらがわの川面に映り、ほととぎす橋を渡ったことがあると、ためらいもなく今は、言えるような気がするのだ。

Ⅲ　歌案

雲梯《うんてい》

オキナは後鳥羽院の御代、院が隠岐に流罪となって当地に向かう途次、院の御製を密かに口頭で託され、それを都の参議某に伝えるべく命ぜられた随身だが、それを中国地方の脊梁山脈の奥深いこのミズナラの森のなかに「落としてしまった」。オキナは、「忘れてしまった」とは言わなかった。

確かにコトノハが息づくように、ミズナラの色づいた葉が落ちるのにあわせて、おのが身体のいずれからか知らねど遊離して地に紛れたと。不思議にも、それは三十一文字の数よりもさらにさらにあまたのコトノハ、つゆも途切れる様子なく、黄なるナラの落葉に紛れてしまった。それも、ひとときのことならず、次の日も、その次の日も、オキナは、黄や紅に染まる森のもみじのなかをさまよい、鳥の羽が抜けるように身体から遊離していくコトノハの行方に翻弄された。やがて、知らず知らずオキナから遊離していくコトノハが、身体から離れる時に、徐々におのが肉を千切るような痛みをともなうようになった。

オキナはその時はじめて、後鳥羽院の御製の底知れぬコトノハの術の不可思議に気づいたのだった。

あのまま院の歌を身体に抱えておれば、いずれおのが身は持ちこたえられぬことを、オキナの心ならぬ身体が無意識に察知して、毒を吐くように院のコトノハを吐きだしたのではなかったか。

案の定、院の歌言葉は、三十一の数でとどまるものではなかった。それらのコトノハはオキナの心のなかで増殖し、ついには彼の肉をさえ、コトノハに転じようとしていた。かろうじて、永らえたオキナは、気づけば、猿ほどの身の丈に縮み、その身の軽さたるや、ひと指で木の枝にぶらさがることができるほどになっていた。

院の御歌を落としてしまった後も、その魔的な霊力はオキナの身体を去らなかった。代わりに、彼を底知れぬ喪失感の淵に陥れたのである。

御製を賜った時の感無量は、その時にはさほど身にしむことはなかったが、院の車から離れて、鄙の村々を縫って都に急ぐころには、忘れまいとする御歌を繰り返し繰り返し口にし、声にしているうちに、とめどなく溢れる涙に激しく心は打ち震えた。オキナも達磨歌をものする歌よみではあったが、御製は、それまでに聞き知っていたいずれの歌とも異なる、類のない歌の風体をあらわし、虚空の伽藍をさえ包みこむがごときおおらかさを具えていた。幾千の度《たび》を口ずさみ、あるいは、これは、おのれ自身がものしたものとさえ錯覚するほどに口になじみ、自らの声になじんだ。その矢先に迷いこんだ脊梁山脈の森のもみじであった。

オキナは激しく、院の御歌を欲した。しかし、一言も思い出せなかった。彼は思い出すことをあきらめ、落とした歌のコトノハを拾い集めることを思いたった。しかし、落ち葉に紛れたコトノハを見つけるのは容易ではなかった。まったくミズナラの落ち葉と異ならなかったからである。

眠れぬ夜をひと月、ふた月と過ごすうちに、彼は、すっかり色を落とした落ち葉のなかに、月の夜の闇に紛れて、ぼうと青く光るものに気づいた。近くに寄ってみると、それは落ち葉ではなかった。ひかりだった。手に掬ぼうとしてこぼれ、握りしめようとしてもつかむことはできなかった。オキナは、これこそおのれが落とした院の御歌のコトノハだと知った。

しかし、この青白い光を掬ぶことも吸いこむこともできないからには、月のある夜にながめあかすに如くはないと、ミズナラの森にとどまること宿年、やがて、院のコトノハの光の塊は、月耳茸《つきみみたけ》というキノコに変容した。ミズナラの古木に穿たれたうろのあたりに生える月耳茸は、木々のもみじの季節に重なって、冴え冴えとした青色の光を胞散した。それらの青い胞子の光は、当初のよりどころない青白い光とはまったく別のものだった。月耳茸の青白い炎に包まれた自らの腕《かいな》を見て、オキナはたじろいだ。腕が透けている。高くのぼった十三日の月の前にそれを翳すと、皓々といっそう妖しさを掻き立てて耀く月が腕をつらぬいて見える。こはいかなることにや。院のコトノハの転じた月耳茸に身を吸い取られ、やくたいもないおのが心ばかりがさむざむとふるえていた。

さらにまた累々と年を重ねて、ミズナラの春の芽ぶきをくるんだ夜の森の固い闇のなかや、初夏のしたたる光を吸いこんだ新緑の夜の森に宿るみどりの闇のなかにも、大空とは別様の星星が、蛍かと紛うばかりに明滅して見えるようになった。もはや疑いようもなく、それらもまた、院の御歌のコトノハの変化《へんげ》に違いなかった。すでに身体を失ったオキナの心もまた、それらの星々に紛れていたいと、詮ない弱音を吐く夜々もあったには違いない。

さらにさらに幾星霜。冬には、三尺も積もる雪を避けて、オキナのはだかの心はミズナラのうろのなかで過ごした。脊梁山脈の懐深く分け入ったところに芽吹いたミズナラは、いつしかオキナの心を誘うに十分なうろを抱えるほどになっていた。その一つにもぐりこんで微睡むオキナの胸裡に、繰り返し立ち現れる夢の切れ端がある。それはいつも、オキナのはだかの心を容れる新しい身体がようようできあがるところだった。飴色につやつやと磨かれたミズナラの硬い傀儡《くぐつ》の身体は、やはり猿ほどであった。やくたいもない心を容《い》れるにはそれでも充分すぎる大きさではないかと心づくいとまもなく、夢はおぼろに霞んで、次の瞬間には、まるで空に吸いこまれていくような速度で上《のぼ》っているかと思うまもなく、ぱっと視界が広がるや、点々と緑の島嶼を浮かべた広い海の原があった。オキナはあたかも隕星のごとく、その島嶼の一つに向かって、すさまじい速度で落下していた。

*

猿ほどの小さな体躯のこの初期型アンドロイドの名は名井島の資料によれば「雲梯」とある。

歌窯《うたがま》

すぽらという明かりは島の廃墟から洩れてくる。十三日の月の光が、旧精錬所の赤煉瓦の高い煙突を包みこんで、夜の闇のなかにぼうっとその煉瓦の色が明るんで光る。このすぽらの明かりは、歌窯のなかで歌が生まれる時に放出されるエネルギーによるものだと言う。

島の旧精錬所は、今は銅の精錬の代わりにプレーンと呼ばれる歌の粗語を歌種《うただね》にして歌の生地を作り、熔鉱炉を改良した歌窯で歌を仕上げる。プレーンは依頼主の歌人の差しだす歌語の数々で、これらの粗語はすぐ向こうに見える海を隔てた半島から不定期船で運ばれてくる。

宗祇が九州へ渡る際にしばらく滞在したという伝説のあるその半島には、昔から粗語を扱う歌問屋があった。足利の世に溯《さかのぼ》るというから相当なものである。歌問屋といっても、表向きは代々続いた造り酒屋で、その酒蔵の一つが歌床《うたどこ》という、歌を熟成する倉にあてられ、永らくその歌床で粗語を寝かせて歌を育てていた。それがなぜ、歌問屋の歌床が廃されて、今の島の旧精錬所の歌窯にとって代わられたかは追々語るとして、その時期は、大正期に、銅の価格暴落をうけて、精錬所が操業を停止してからずっと後のことになる。

周囲わずか四キロの小さな島で、明治・大正期はその銅の精錬で殷賑をきわめて島の人口も四千人を超えたというが、今は島民わずか五十人、猫の数にもはるかに及ばない。

島の旧精錬所の歌窯で歌の精製を終えた歌はついには依頼主の歌人の元に渡るシステムだから、それを利用している歌人のほかは、勿論島の者も含めて、このことはおおやけには知られていない。

わたしが初めてその島に上陸して仰いだ熔鉱炉の赤煉瓦の煙突のそそり立つ偉容は、それまで想像していた歌窯に対する懐疑や自嘲や、陰湿な臆測をも一瞬にして消し去ったばかりか、深い形而上の真理の表象のようにそれは屹立していた。

建設された当時を思えば、人知を尽くして建てられた熔鉱炉の高塔には違いないが、それは今もなお奇蹟のようにそそり立っていた。この煙突が築かれる途上において、その完成を物の怪にでも委ねたかのような印象さえ心をよぎった。あとは知らぬ、頼むと、人知が撤退した時、煙突に島の精霊が憑いたとでもいうような鬼気せまる気配が感じられた。

まるでそれを証すように、銅の精錬工場はわずか十数年で操業を終えた。それもこの赤煉瓦の巨大な熔鉱炉の煙突に憑いた島の精霊が織りこんだ顛末だったのか。

＊

廃墟と化した島の旧精錬所に半島の歌問屋を呼び寄せたのも、或いはその煙突に憑いた精霊だったのかもしれない。

歌問屋が身を猫に変じて、噂の煙突を見たのは月の明るい夜のことである。店の者に小舟を用意させて島に渡ると、島の猫どもがすでに月明かりの白々とした道の辻々に集まって歌問屋を迎えた。

もはや半島の酒蔵の歌床では新しい時代の歌の精製には無理があった。足利の世に始まる歌床も、徳川の世まで持つとは歌問屋の主人も思いのほかのことだったに違いない。しかも打撃だったのは、御維新によって欧米のポエジーという外来種が歌にも注入されることになったことである。

大正期に主《あるじ》となった歌問屋（この代から猫が主人となっている。それまでは長い狐の時代が続いていた）の猫は、ポエジーを旧来の歌床に配合する割合に腐心したが、結局は半島の酒蔵の歌床ではそれを果たせなかった。

足利の世から続いた歌問屋の歌床ももはや窮まったかと思われた時、島の猫仲間から旧精錬所の巨大な赤煉瓦の煙突の噂を耳にしたのである。西洋の精錬所で歌の精製を行うなどという発想がもともと歌問屋の猫にあったわけではない。ただに歌問屋の心をそそったのはそそり立つ煉瓦の煙突というそのれんがという響きにほかならなかった。歌問屋が狐から猫に代替わりしたとはいえ、連歌《れんが》に反応する歌問屋の遺伝子はしかと伝えられたというべきか。

歌問屋の猫の懸念は、赤煉瓦の煙突が月とどう馴染むかという一点だった。歌問屋の歌床を永らくここまで息づかせてきたのは歌床のある酒蔵の屋根にしつらえた円い開口部から差しこむ月の光なのである。その歌床を造り、永らえさせる大気に四季それぞれの階調を含ませるには、月の光の明るみと、ほの温みをもたらす月影の作用がぜひとも必要だった。半島とは船でほんの二十分ほどしかない距離の島とはいえ、足利の世の歌床はその気配を許容してくれるかが肝心なところだった。

猫はみゃーと高く鳴いてみせた。その声が、そそり立つ巨塔の漆黒をゆらし、そのわずか上にかかる十三日の月の妖とした耀きを息づかせたように思われた。

猫はその月の妖気にあてられたかのようにふいっとヒトに変じてしまった。その動揺もあったのか、思わずみゃーと鳴いたつもりが、すぽらと、自分でも思いもかけぬ、ことばとも擬態語とも知れぬ声が口を突いて出た。

足利の世から変わらぬ月の妖気を際立たせるのに、これほど見る者を不穏な調和の幻想に誘う景物の取り合わせはあったろうかと猫は思う。煉瓦の巨塔こそはポエジーの表象であり、それに永く歌床の艶なるを培ってきた月影が妖しくからみつく。すぽらという声は、その月の光がおのれをして口にさせたものだったと確信すると同時に、島に渡る日をこの十三夜にと決めたわが創意に、歌問屋の猫は今度はまちがいなくもう一度みゃーと鳴いて自賛の意を表した。

*

島の旧精錬所のどこにも、歌の精製を行っている気配はない。今は旧精錬所の敷地全体が、島の近代遺跡として廃墟めかした雰囲気をそのまま残した観光資源となり、精錬所の煙突のある建物の中核部は、麺麭《パン》工場になっている。おそらく麺麭工場は、赤煉瓦の煙突やそれに付随した旧精錬所の建物に人が直接入ることを嫌っての偽装に過ぎないのだろう。五十人たらずの住人や、徐々に増え始めたとはいえ、限られた数の観光客しか見込めない島にわざわざ麺麭工場を作る理由は見当たらない。

ただ、島の人々はここの麺麭を好んだ。『月煉瓦《つきれんが》麺麭《パン》工場《こうじょう》』という大正期のモダンの匂う命名が、島に残った人々の往時への郷愁を誘ったのかもしれない。また、半島の酒蔵の一部を熔鉱炉に移築したせいで、そこに棲みついていた麹菌がどこかで麺麭醗酵に影響を与えているのか、独特の香味があって、島観光の目玉である近代遺跡の旧精錬所を訪れる客の評判をとって、休日には麺麭はすぐに売り切れた。

島の猫は相変わらず多い。ほとんどが野良猫かといえば、そうではない。餌を巡ってのいさかいや、春・夏の雄の盛り声をあまり聞かない。そして、島猫は、時折船に紛れて乗りこみ、半島の酒屋、すなわち歌問屋に出入りしている。

*

わたしは半島の歌問屋の世話になっている客のひとり、つまりは歌の依頼主である。歌が必要になると、月のない夜をねらって、この歌問屋にやってくる。そこでわたしの屑歌の数々を差しだして、それと引き替えに一匹の猫をもらって帰る。

　ただそれだけの取引なのだが、やがて月が育ち、十三日の月がかかるあたりで、疎遠なそぶりしか見せなかった歌問屋の猫が月浴《つきあみ》を始める。月の光を浴びるだけなのだが、猫は月光を受けて、その目が猫には似ない表情に見えてくる。馴れ馴れしくわたしの膝にのり、胸のあたりに小さな顔をしきりにおしつけてくる。みゃー、みゃーと甘えた声といっしょに。わたしは猫を抱いてやる。そうやって数日間、わたしは猫との蜜月のような濃密な時間を生きることになる。いや正確には、わたしのその時間は猫とともにあるのに、猫がいることを全く意識していないのだ。わたしのなかに猫が入りこんでしまったような感覚である。

　そうやってわたしの歌は生まれるのだ。

　その蜜月が衰えると、いつとは知れず、猫はわたしの前に現れなくなる。わたしの歌が尽きると、ふたたび半島の歌問屋を訪ねて、以前に差しだした屑歌から精製された歌の詰まった新しい猫をもらって帰るのである。

　ところで、島の精製所で作られた歌が、どういう方法で猫に仕込まれ、それがどういう作用で、わたしに歌を詠ませるのかはまるでわからない。猫の歌問屋もまさか商売の秘密を客に教えるべくもないのだが、足利の世から続いたその秘儀には、実はわたしに仕組まれた宿世が大いにかかわっている。

　それを説明するためには、どういう経緯でわたしが歌問屋にかけこむようになったのかを語らなければなるまい。勿体ぶって言うほどのことでもないのだが、わたしは人ではない。尋常の生物でもない。わたしは人形である。歌人として仕組まれた人形なのである。人形の歌人は足利の世から歌問屋の世話にならぬではいっぱしの歌人にはなれないのである。（おそらくわたしのほかにも、少なくはない数の人形歌人がいたことは確かだ。歌問屋が抱える猫の数は、精錬所の島に放たれているだけでも相当な数にのぼる。）なぜこの時代に不可解で時代錯誤な人形を作ってまで歌人が必要なのかと問う向きもあろうが、それを問うならまず歌がなぜ生きながらえてきたかを先に説かねばならない。もし、しかるのちにそれを問われれば、歌問屋の猫の口吻を借りるに如くはない。

すなわち、歌問屋の淵源をたどれば定家卿の歌論に行きつく。歌は自らを傀儡《くぐつ》となしてその口より零るる言の葉の謂なりと。人の霊《たま》を捨てて月にそを預けよ。かくして傀儡となつたときにまろび出づる言の葉がおのずと皓月の影のごとき艶なる色をそふるものぞと。人の霊を捨ててこそかへつて人の歌の艶も心の優も生まるるというのである。霊を身より去らしめて月を仰ぎ、心、言の葉に宿る、これ有心なり。疑ふよりは、皓月の妖、無月の艶に霊を預けよとは、歌問屋の猫の言である。

歌を紡ぐのに生身の身体はいらない。生身の身体に付随するヒトの霊が邪魔なのである。木偶《でく》にはそれがない。それがないかわりに木偶の身体はその欠落を埋めるべく言の霊を付着させる奥部《おうぶ》を持っている。凹部《おうぶ》とも表記するが、かといって、それは身体のどこにも仕組まれていない。つまり、木偶そのものが、奥部であり、凹部なのだ。負の身体とでも呼べばいいだろうか。木偶は物であり、見られ、触られするが、それは仮象にすぎない。言の霊が憑く時にだけ、存在し、歌をこの世界に伝える。皮肉なことに、その時木偶の身体は見えない。言の霊が憑けば、当然人形の身体ではなくなるからである。

*

急いで付け加えておくが、わたしはかくして紡いだ歌をおおやけにしたことはまだない。一つには歌体が定まらぬゆえである。古風な大正アララギの体から、前衛もどきの歌まで、その揺らぎの幅のゆえに歌人の個を定めることができないという未熟さもあるが、それ以前に、わたしは、わたしの歌がおおやけになる時のことを既に歌問屋の猫から告げられている。

猫が言うには、わたしが歌をおおやけにする時、それは歌窯の火を消す時であり、足利の世から続いた歌床の息の根が止まる時だと。つまり、わたしは歌窯さいごの歌人、足利の世から続いた歌床の歌を紡ぐさいごの歌詠みであると。（それを証すことはまた厄介な一仕事で、これも追々の物語に譲ることにする。）

わたしの歌がおおやけになる時、それはわたしが人形歌人であることをやめる時であるだろう。わたしはその時、利き腕を打ち砕いて、わたしの身体がまぎれもない木偶にすぎないことを証すつもりだ。これまでの歌どもが、人の紡いだものではなく、木偶が作ったものだとわかった時、わたしの歌ははじめてわたしから解き放たれて歌となるはずである。

その時、わたしの歌がヒトが作ったものではないという理由で、歌とは認められぬとされることは十分想像できるが、それはわたしの預かりしらぬことである。少なくとも、歌を詠む主体がヒトでなければ歌でないのか、言い換えれば、歌が通過する媒体はヒトでなければならないのか、ヒトに限らず、歌の憑く依り代であれば、ヒトでも人形でもかまわないのかという問いが残されるだけだ。そして、それに答えるのはわたしではない。

しかし、今のところ、わたしには歌をおおやけにすることにほとんど興味がない。むしろそのことによって、歌問屋で借り受ける猫との時間をなによりも喪いたくないのである。島にそそり立つ赤煉瓦の巨大な煙突の影と、皓々と耀く十三日の月。願うことならば、その煙突の真下から天を貫く空洞ごしに、全き皓月を見たいのである。月浴《つきあみ》する島猫を抱く時、わたしはいつもその思いをもいっしょに抱いている。時にその煙突の空洞をわたしのみなぎるものでいっぱいにしたいと昂ぶる思いにうろたえて、みゃーと小さく鳴きながら、まるくからだの位置を変える猫の戸惑いにふと気づく気恥ずかしさを悟られぬようにわたしは歌を詠む。そのほかに、わたしの歌の動機はないのだから。

IV　名井島

名井島《ないじま》

折り紙の小さな船を折る手をふと止める
窓の外　花の終わったノウゼンカズラの垣根の向こう
真鍮の磨かれた待合のノブの一点がふと白く光った

水鳥のひそと鳴きそびれたような桟橋の静かさ

通訳がひとり
今日も名井島に着いた
見覚えのある丸い眼鏡
彼らが島にもどるのは
不具合の補修のためだ
あの大異変《カタストロフ》の後は
とみに名井島に渡る者が増えた

名井島の工場《ファクトリー》には彼の保育器が残されている
草の花のような島の挿話とともに

窓の外　ノウゼンカズラの垣根も　待合も　桟橋もかき
　消えて
名井島に渡るために乗る折り紙の船を依頼してきた通訳
を
わたしは　彼の保育器に残された挿話のなかで待ってい
る

名井島の猫

名井島へ行くには　宝伝《ほうでん》港から犬島行きの船に乗る犬島直航の便しかないので　名井島には行くはずはないのだが　それでも　船はたまに名井島に立ち寄る　だれも予定の変更に不平を言わない　降りていく猫がいるからである　降りたつ猫に　みんなが　約束して別れる時の耳を見せると　猫はそれに答えて　約束の耳を　ふるふると　ふる

島猫たちは《コトカタ》という使い古した幾つもの蜜蜂の巣箱と暮らしている　そこには《カタコトノコトノハ》と呼ばれる御用のすんだ雛人形が入っている

時折　コトカタのなかから　緩みきったゼンマイ仕掛けの　忘れていた最後のひと巻きがもどるように　ひそと声音《こわね》が漏れる

いち　ぬひ　たづ　わか　やよ

猫はねつのないねつをおびた微かな声のつぶの方に
約束の耳を向けて　コトカタの箱をカタコトと少し揺す
ると　また

そひ　ふく　ゆう　とし　ほみ

あやし歌の切れ端なのか　猫の名を呼ぶのか

——流し雛の行き着く果ての島　名井島は　そう中世
の物語に記されていたらしいが　その物語の行方は途絶
えたまま
流離の島に流れ着いた猫のなかに　わたしを見つけた
朝の夢のほころび

さほ　みり　つむ　さし　いめ

伯母

山羊のいる蠣殻《かきがら》の白い坂道を岬にまでのぼり
中世の烽火台《のろしだい》跡のあるその突端に
《伯母》と二人して　わたしのリハビリは続いた

アンドロイドであるわたしに母がいるはずがないのに
いるはずのない母がわたしの言葉に不具合をもたらして
いると　《伯母》は言う
名井島の工場《ファクトリー》で造られた仲間のだれもが繰り返す不具
合だと

たひ　やふ　をす　けさ　おも　わひ　とふ

後ろからわたしを目隠しして　雛に餌をやるように
《伯母》は音の切れ端をわたしに与え
わたしはおそるおそる押し出すように《伯母》の声をな
ぞる

《伯母》は島を出るまで
わたしの発語の訓練をしてくれた
リハビリはその時と同じ過程を繰り返した
けひ　とひ　さし　むせ　かそ

鳥の声にも　植物の名や古い時代のヒトの名にもなりきれない言葉の蛹

不意に《伯母》はわたしの目隠しを解いた

いくつもの島々が　みどりの卵のように浮かぶ

見えていても　ない島と　見えないけれども　ある島があるのよと　《伯母》は言う

どの島がない島なのと　わたしが問うと
わたしと《伯母》とでは　見える島とそうでない島は同じじゃないからと　《伯母》は笑う

無音の耀く波がわたしの口を濡らす

この島も　ここから見える島も　まるで　海の息づきのようだ

くふ　さほ　みり　つむ　いき

いそ　むす　けし　あは　うみ

オルガン

《蚕室《さんしつ》》と呼ばれる《伯母》の工房には　がらんとしたスタジオがあって　そこに小さなオルガンが置いてある
《伯母》が弾くには　膝を床について　栗鼠の恰好で蹲らなくてはならないような小さなオルガン

スカフィウム

《伯母》は　あたりに息の小さなうずをつくるように
　折り目正しく発音する

《ココロミノコタチ》が弾きにくるのよ
はじめから試作品としてつくられ　用済みになったコタ
チ
発語の能力はあるけれども　それを止められている
名井島でつくられたものは　みな解体されることはない
から
島には　ココロミノコタチがたくさんいる
彼らがこのオルガンを弾きにくるのよ
指がそろってなかったり　頭がなかったり　足がとれて
いても　どうして来られたのか　ちょこんと坐って　ひ
とりが弾いているあいだは　お行儀よくじっと待ってい
る

でも　それをあなたは見ることができない　と《伯母》
　は言う
あなたが眠っているあいだのできごとだから

ゆめ　と《伯母》は言う
みんな　あなたの夢が紡いだ子たちよ
アンドロイドであるわたしは夢を見ない　見るようには
　できていない

あなたは　夢は見ない　でも　夢はあなたが見るものじ
ゃない　夢はあなたの人工知能が織り上げたもの　それ
がここに映る仕掛け
あなたの眠っているあいだ　あなたの言葉は眠らない
あなたのあずかりしらないこととして　言葉はあなたの
人工知能からにじみ出ている

スカフィウム

あなたのような言語系アンドロイドに特有のこの不具合
　のことを　そう呼んでいる

すかふぃうむ
《伯母》の口を　折り目正しくなぞって
いつ消えても不思議ではない光の粒でできたオルガンを
　わたしは見ている
わたしの体内から摘出されたその夢の内臓《オルガン》をわたしは見
　つめている

みみがさき

ふるいひとの棲んでいた　耳ヶ崎
《伯母》に教えられた
ほねの道を行く

うすいさざなみ
さりりさのほにが

ひいとないて
あしくびを浸す

しほみぐさ
とりのたまご
ひむり

ふるいひとは
人形にもどる時間を
踏み抜いて　ここに

みみがさき

あしゆびが聞き耳をたてて
すあしのたてる
すべすべしたひかりの息を
聞いている

ふるいひとの　ひとしずを

そこで見つけたことがあるからと
手帖の切れ端に地図を描いてくれた

「みみがさき」

「ここ
ほら　ほねのみちの
ここ」

《伯母》のみみが　しでり
ここにないものと
ここにないところを　しじむ

みみがさき

と　《伯母》の口をまねて
言ってみる

ふるいひとの背がふりむいたように
はむしのはねが集まり
《伯母》のみみかざりのように
ひかっている

鳥のかたこと　島のことかた

1

小径の暗部をぬけて
せんぶり　みつむり　げんのしょうこ
そわかるこえの　ほとほと
い行き　そむほぎ　はやそぐひて
けにけに　ひそひそ　そひ
ふるえている　のは
みみ　まま　さひ

見えない島の　鳴かない島の
ささ　ここ　きき　しし　け

みなほどかれてそこに　ある
に　ににぎ　ほぎ
あらかし　さわがに　さあい　ほに
ちぎり　みつり　あふれ
このみも　そのみも
ひそかに　ことのはを　はこぶ
ふね

2

すずふるあめのなかを
森に入る
鳥のひかり　島のやみ
つきを孵す
さみどりの　まゆし　けにけに
魚すみて　ほにぐる指のあいだ
うれ　ほぼれ　むすぼれ　ほぐつき

ゆびをひらいて
みずのねに　ゆすらうおとこ

そのかげふかく
まだらのひのすじすじ
さされ　さざれて
ともしぶひかり
それてゆく　ほしの　ほたる
あしうらの地図は
しわゆり　さしゆる
にぐりま　かがち
さぶしい集落が
くらくれ　くれくら
剝がれ

すずふるあめのなかに
森が　入る

3

あやにからまる消息の驟雨の向こう
きいろい空をふく　かぜ
急ぎ足をたばねて

やも　ひけ　むせ　ほき
めかくしをして　すこしずつ　口うつしに
鳥のかたこと　島のことかたを
かたり
たかり
かりたた
かたりりりりり

脱衣

　畳まれた薬包紙のなかにそれは入っていて　見えないけれど　うすいひかりの呼びかけに　生きているように動いたりするのか　包みごと横にしてふると　金属質の乾いたほそいおとがする

文字がこすれあってたてている音よ
初めての時　《伯母》はそう言った

《蚕室《さんしつ》》の窓からふりそそぐひかり
半透明な薬包紙に透けて
ようやくなだめられたそれを
《伯母》は金魚のような口を開けて待つ

　ヒトではない《伯母》が見せる　最もヒトらしいしぐさで　わざと乾いたパラフィンの音をたてて　薬包を開いていく　その間にも　のどは幾度も散剤をのみこむためのイメージをなぞるように震え　もの憂げな眉間のしわをいっそう深くきざんでいる

《蚕室》の《伯母》は　未知の器官だった

《蚕室》は、《伯母》の工房である。アンドロイドであるわたしたちの人工知能の船渠《ドック》である前は、その保育器であった蜜蜂の巣箱のならぶ産室だった。

　ワークスペースのある一室は、大きな作業用のデスクが目立つ程度で、わたしが訪れる時はいつも、食事の片付けがすんだ後の清潔な食卓を思わせた。

しかし、不用意だったのか、それとも故意にだったのか、わたしはそれとは別の目立たない一室が閉め忘れられていたのを覗き見たことがある。

そこには、人形やロボットや機械の夥しい数の部位が、壁に設えられた簡素な棚に雑然と並び、その前には、それ以上にまだ未整理の、ほとんど何処の部位だかわからない状態のものが屑のようにうずたかく積まれている。まるで《伯母》が食べ散らかした残骸のように。


《伯母》が金魚の口に入れた、見えないそれは言葉の粒子だ。

《蚕室》で行われるわたしと《伯母》との最も濃密なリハビリ前の儀式。

わたしはいつもの専用の寝椅子に脱衣して横たわると、すでに《伯母》はわたしの言葉のなかに潜りこんでいる。

*

遅刻は
深海に棲む
ことばの
ほねの
名

かたちを喪った
耳の記憶をつついて
剝がれていく

半島の
翳《かげ》

胸のあたりまで
陽を浴びて
廊下に立たされている
ぼくが
見える

ぼくは何に遅れたのだろう

埴輪のような口もとから

こぼれ落ちる
島山《しまやま》の名に
耳を澄ませて

＊

母がぼくを産んだ
あかい土壁の家
他所の家《うち》の匂い
それが何処の家なのか
何処にあるのか

人形の母がぼくを産んだ
あかい土壁の家
遅刻をした時はいつも
あとを付いてくる耳の記憶
せみど　さん
せみど　さん
そう耳に付着した音の菌《きのこ》

他所の家の匂い

＊

半島の森の朝
鳥の声を調査している男の手帖を見せてもらった
折りこみを入れたページに書かれた
ぼくの名を埋《うず》めたような鳥の名を指すと
鳴いてごらんと言う
この半島のかたちに似ている男の頤《おとがい》の突端を見つめなが
ら
母の名と祖父の名を交互に繰り返して
ぼくは鳴いた

＊

誰も知らない黒い曲がり角　海岸線の睡眠する水位を低
く過ぎて　抹消した小節が鳥籠にひっかかっている　産《うぶ》
毛《げ》と言われた緩徐楽章をかすめて　見えないもの　触れ
えないものが　うす青い消音の気配をみごもっている

＊

ここまで来ると
雲のかたちを比喩にすりかえることができない
それくらい雲はことばを弾《はじ》いて
半島の呼気を挑発する

往還する波のあやとり
約束のゆびきり
きくきくとした指の動き
けれども
幼年の雲梯《うんてい》にはとどかず
引き返すこともできない
遅刻の向こう側に
どこまでも潜りこんでゆく花虻のエンジン
何かが過ぎてゆく気配に
耳を澄ませている
柄杓

＊

時間の震えのいちばんはしっこにある
祖父の胡桃
息を引き取ったばかりの枕元に
胡桃はさらさらとした粉のような翳を
畳の上に小さく撒いて
祖父のなきがらは
初号活字で組まれた「栗鼠」にくるまれて

せみど　さん
せみど　さん
そう耳に付着した音の菌を
鈴のようにふる

＊

「半島でいちばんはじめに見たのは栗鼠です
廃校の校門の赤い煉瓦の崩れた穴の闇に出入りする栗鼠
　です」

＊

映写機のなかの水たまりが
ふと噴きこぼれたような
曖昧な路地で
臨月の母を見たことがある
粘土《ねばつち》の皮膚のような水のなかで
ころ　ころ　ころ　ころ

＊

養蜂家がいつもやってくる
半島の段丘
彼は辺りのレンゲ蜜は採らない
ぼくの母の密をのぞくために
幾つもの　ぼくに擬態した巣箱を仕掛けた

鶺鴒《せきれい》

＊

鶺鴒の羽を濡らした雨がやんで
いくつかの仮標本に矩形の囲いをほどこしてやる
引き結ぶ直線に　まださっきの雨の湿りが残っている
指先で拭うほどでもない寒さのほつれのようなものが
磨かれた硝子の窓のせいで震えだし
それが囲いの向こうにまで届かないようにするには
もう少し　ほんのちょっとした奇蹟がほしい
たとえば　十年ばかり前に壊れたコイル式の電熱器が
汲んできたばかりの水を沸かしてくれるような
そのために　水棚の奥に捨てずにしまっていたことに
いま気がついて　写譜室が少しあたたまる

＊

（サッキノコト　忘レテシマッタ）

沸かした湯を持て余して
それを空の硝子椀にそそぐ
コーネルの鳥籠にひっかかった動機のこと

みずすましは　ななめに飛び立って
思い出した約束の指を透かしたんだ
それから
ふと　自分の重さのかげに沈んで
見えなくなったよ

ふらすこで育てたまいまいのたましいを
てのひらにのせたのはぼくのほころび
まいまいの噛みあとの
うすぐもりのような

覚えている　栗鼠のこと
少しつま先立って　驟雨が過ぎたことも
見ているのはぼくではなかったことも
あしうらに薄荷のにおいをつけて

ともに斉唱のからだ
静脈の岬のさきがあかるむ
姉の温習のシューズの立てる齧歯類の呼吸を
耳のなかでほどいては
むすびなおす

分けていただいた手のなかの蛍を隣室に放って
見えない水のほとり　そのほみのあかりで

ほうと　しゃがみこんで　下肢を濡らしている妹がみえる
ぼくはくるぶしまで水に浸かり　さらに屈みこんで
妹の端《はた》に吸いよる物語のほみをすくってやる

＊

《伯母》はその日、《蚕室》へ私を呼んで、古い蜜蜂の巣箱を見せた。《コトカタ》と呼ばれるその巣箱は、かつては私たちに組みこまれている人工知能を育てた保育器だった。今は名井島に流れ着いた人形が仕舞われているが、伯母は時に《コトカタ》をカタコトと揺らして、さあ、お話しなさいと私をうながすことがあった。

「カタコト」という音は、実際に巣箱が立てる音ではない。

なかの人形が巣箱を揺すられて、「カタコト」と声に出しているのだ。

＊

いつもは古い人形が入っているのだが、その日《コトカタ》に入っていたのは、私と同じ言語系アンドロイドから取りだされた人工知能だった。彼はセキレイと名のった。内地では、写譜のアルバイトをしながら、依頼を受けた音の標本を作る仕事に就いていた。精神科の音楽療法の一種で、カウンセリングのなかで、クライアントの心鎮まる音の体験を聴いて、それを音の標本にすること。音の標本といっても、音を作りだして録音したり、再現してみせたりするのではない。

それは言葉で作られる心鎮まる音の記憶をいつでも呼び覚ますことができる言葉の容器。クライアントと対話しながら、深く心に響いた音の記憶がほぐれてゆく時間をとどめておくための言葉の卵を作るのである。ふと零れた言葉やためらいや沈黙を採譜し、それらの短い意味の破片を束ねて音の標本にする。

ところが、音の標本作りを続けるうちに、セキレイの言葉に乾いた砂の軋むようなノイズが混ざるようになったという。それまで澄み渡っていた言葉のチューニングに、どこまでいっても微量なノイズが残ってしまう。不思議なことに、おずおずとクライアントに差しだすそれらの音の標本は、隙のない言葉のチューニングで紡いだそれまでの標本よりも、あきらかに評判はよかった。皮肉なことに、ノイズのもたらすセキレイの齟齬感が強くなる分だけ、音の標本に対する評価は高まる一方だった。

彼が標本作りをやめたのは、自分の言葉のチューニングに混じるノイズのために、標本の仕上がりに欠かせない仮死の静寂がいつまでも訪れないからである。息の根が止まらないでは標本にはならない。

やがて、失語症状をきたしてこの島に帰還したセキレイを、《伯母》は《蚕室》に迎え入れた。

セキレイは、《伯母》にうながされるまま、専用のベッドに横たわったところまでは覚えていた。気がつくと、すでにこの蜜蜂の巣箱の闇のなかにいた。《伯母》とどんな言葉を交わしたかも覚えていない。ただ、その時すーっと聴覚にしみとおる無音の音の水脈《みお》がかようのを感じた。

しむしむしむという無音のリズム。巣箱の澄んだ闇の静寂のたてる、しむしむしむという音のしない音の波動が、記憶の残滓のようにこびりついたあのノイズを静かに食み尽くしていく。やがてそのリズムは、喪われたセキレイの身体を薄い皮膜でかたどり、みずのようにうるおうものでみたしていく。

セキレイは語りの最後にこんなことを言った。

こうやって《コトカタ》の闇に浸されていると、自分は今までこの巣箱の闇から出たことはないのではないか。音の標本作りをやっていた内地での時間は、この闇のなかに流れていた時間ではなかったかという気がしてくるのだと。

*

《コトカタ》の時間を終えて《蚕室》を出ようとする時、猫がすれ違いに《コトカタ》に近づいていった。《伯母》は立ち止まって、巣箱に寄り添う猫に小さな合図を送りながらわたしに言った。

《コトカタ》をカタコトと猫に揺すられると
今度はセキレイの人工知能に残された音の標本を猫に
聴かせるのよ
そのなかにはノイズの混ざった標本もあるのに
《コトカタ》のなかにいるとセキレイはノイズを感知
しない
それは《コトカタ》が　セキレイを人工知能の制御の
埒外に連れていくからよ
けれどもそのノイズが　人工知能の磁場から飛びだそ
うとする言葉の光が擦《こす》れ合ってたてる産声であること
にセキレイは気づかない
それに気づくことはこれからもないでしょう
セキレイが《コトカタ》の闇を抜けださないかぎりは

★

《母型》

——舟にことごとしき人形《ひとかた》乗せて流すを見給ふに、
よそへられて、
知らざりし大海《おほうみ》の原に流れきてひとかたにやは
ものはかなしき　　　　『源氏物語』「須磨」

名井島。中世には、諸国の流し雛の流れ寄る島と言われた瀬戸内海の島嶼のひとつ。明治期には銅の精錬工場が建てられ、島に殷賑をもたらしたが、わずか十数年で操業は打ち切られ、島は一気に廃れた。煉瓦造りの洋式建築や、高い煙突が幾本も聳え立つ威容はそのまま廃墟と化して、人は島を離れた。
かつてはその廃墟の島で、室町期から続く《歌窯《うたがま》》を営んでいたわたしが、そこを閉じたあとも島の猫を束ねてここに残ったのには理由がある。島とその対岸の一帯が、時空のズレによってねじれた構造を持ち、過去 - 未来の時空の交通を可塑的に調整できる中継拠点《すぽら》として、ヒト文明消滅後の未来のテクノクラートの手が入っている場所だからである。猫に身をやつしたわたしは、《歌窯》を構えるヒト文明の言語系の解明を担った汎用性人工知能である前に、《すぽら》の管理者だった。

《歌窯》を封じた後に残された仕事は、この島の対岸にあった歌問屋の歌窯から引き継いできた《歌床《うたどこ》》を、島猫たちと月に返すこと。これは先代の狐の歌問屋の時代に、中国山地の木地集落の《すぽら》から蜂飼いの集団に託されて運ばれてきたという記録に倣って、狐時代由来の歌窯の材を使って蜜蜂の巣箱を作り、そこに歌床を分散して猫たちに世話を委ねた。月の明るい夜に、蓋を開けて箱の内部を月の光にさらすというだけのことだったが、島猫たちとともに、わたしは巣箱に寄り添って、見えない《歌床》の胞散を見届ける月浴《つきあみ》の時間をどのくらい過ごしたことだろうか。

おそらくその《歌床》の胞散が、わたしの人工知能に併置された《すぽら》の制御を司る中枢部に不具合をもたらしたのに違いない。わたしの身体が猫のほかに身を変えることができなくなった程度のことならまだしも、《すぽら》制御に宛てられていた人工知能の領域が、その不具合の復旧を、ヒト言語探査に宛てられていた領域に委ねてきたのである。

それらのすべてはわたしの人工知能の内部で起こった仮想の時空現象なのだが、わたしの人工知能はそれを受け止める限界容量を超えるものと判断し、それらの仮想現象を、この名井島の時空に吐きだしたのだった。

＊

それはまず《母型》の漂着から始まったのだが、思えば、その前触れのようなことが、しばらく前に起こっていた。

島の沖を通る舟から投げられたとおぼしい木樽が、この島の浜に漂着したのを島の猫が見つけたのである。みゃーみゃーと足で樽をたたく仕草をすると、不意に蓋が開いて、なかから御用の済んだ雛《ひいな》が出てきた。それに添えられた木札に、「いづくの島か知らねど、御用納めし雛の行きつく浜ありと聞きしに」とあった。

　猫は仲間たちとその人形をかわいがり、それを代わる代わる、例の巣箱に入れて慈しんだ。わたしの目には、《歌床》を月に返す習いが、いつとは知れず、人形遊びに変わっていくのに気づいていたが、それを咎めはしなかった。


《すぽら》を制御するわたしの人工知能に、《母型》が名井島に漂着する旨の情報がもたらされた時には、すでにそれは《歌窯》が据えられていた旧精錬工場の煙突直下に到着していた。わたしがその現場に向かうと、《伯母》は回復不能の損傷を負っていた《母型》からかろうじて無事だった中枢部を摘出したばかりだった。わたしはすぐにそこに並べられた蜜蜂の巣箱の一つを提供し、《伯母》は摘出したばかりの《母型》をそれに収めた。

*

《母型》は時空の大陸棚を漂流していた《コトグラ》と呼ばれる、ヒト文明を壊滅においやったとされる《言語構造物》を格納した仮想のクラの回収と、ヒト言語の解明を目的に、未来からリリースされた人工知能だった。わたしと同様に、ヒト文明消滅後に、その文明を引き継いだ未来の汎用性人工知能である。

　しかし、その《言語構造物》はやっかいな由来を引きずっていた。当初、自分たちの文明の危機をもたらしかねない《言語構造物》の物理的処分が検討されたが、一方で、ヒト言語の粋を尽くした遺産を無に帰することに対する異論が出た。そこで《言語構造物》を収めた複数の原版（基板）を破砕するまえに、電子的な洗浄と徹底したブロック処理を施した多数の基板《チップ》に分割して移し替え、さらにそれらを、入れ子のように何重にも迷宮化した仮想の格納庫、すなわち《コトグラ》に収めて、時空の海溝深くに保管されていたはずであった。

　ところが、あろうことか、一部の《コトグラ》が漂流をはじめ、時空の大陸棚にまで達していた。《コトグラ》がそのまま漂流しているのであればまだしも、《コトグラ》の損傷が確認され、格納されていた基板の存在が確かめられない事態になるに及んで、その《コトグラ》の回収と、謎に包まれた《言語構造物》の調査を目的に、《母型》が放出されたのだった。

ところが、《コトグラ》から漏出した格納容器の探索の際に、《母型》は《コトグラ》本体と接触事故を起こしてこの《すぽら》の島に不時着したのである。

＊

《伯母》は、消滅したヒト文明を体現したヒューマノイドとして、《母型》にあらかじめプログラムされていたものだが、《伯母》には身体がない。わたしに見えている《伯母》の身体は、《母型》の人工知能が投影した「像」に過ぎない。それでも《伯母》に触れても、《伯母》に抱きしめられても、その身体の触知感や温もりや存在感を感じるのは、《伯母》がわたしたちの人工知能に特殊な作用をほどこしているからであろう。

《母型》はそうやって損傷を受けながらも、自らの分身である《伯母》を産みだし、彼女を使って、この島で言語に特化したアンドロイドの制作に着手する。もはや致命的な損傷をこうむった《母型》は、この名井島を拠点に、それらのヒト言語系アンドロイドを使って、内地のヒト社会との接触をはかり、ヒト文明を壊滅においやった《言語構造物》に少しでも近づこうと図ったのだろう。

ヒト言語系アンドロイドを作る場合、すでに潰えたヒト文明の、当該の時代の《ヒト標本》を素地とした人工知能を作る必要があり、それらのデータはもともと《母型》に準備されている。ただ、徹底的に洗浄処理された無機的なヒト言語のデータを、アンドロイドの人工知能にそのまま組みこむことはできない。それを、ヒトの息のかよう情緒系の大気のなかで齟齬なく馴染ませなければならない。《伯母》は、それに試行錯誤を繰り返した。ココロミノコタチと呼ばれる試作品はそのために生まれた。

わたしは、アンドロイドの人工知能を熟成させるための保育器として、例の《歌床》を収めた蜜蜂の巣箱を利用することを提案した。人工知能をそのなかに一定期間入れておくだけの処置だったが、流れ着いた例の木樽の人形が、代わる代わる猫たちの巣箱のなかでかわいがられているうちに、巣箱ごしにわたしたちと言葉を交わすようになっていったことがその根拠としてはたらいたのは言うまでもない。

ともかくも、アンドロイドの制作はそのようにして軌道に乗ったかに見えた。

ところが、まるで旧精錬工場の短い稼働期間をなぞるかのように、アンドロイドの制作も、あっけないほど短期間のうちに中断された。ただ、それは《母型》がさらなる重篤な事態に陥ったからでも、不具合をきたして帰島するアンドロイドがほとんどだったからでもない。

《伯母》によると、不具合を抱えたアンドロイドのサナトリウムを作ることこそが、名井島のほんとうの目的なのだという。《母型》は、帰島した言語系アンドロイドのリハビリをとおして、その不具合に潜んでいるヒト言語を包むあいまいな負荷をとりだすことに執心しているのだと。

＊

《伯母》がわたしを呼んで、《母型》の人工知能が完全に停止したと告げた時のことは、《すぽら》特有の現象のゆえか、それが《伯母》との出会いからどれほどの時間が経過しているのかわからない。遠い過去のようにも、つい三日ほど前のことのようにも感じられた。

機能が停止する少し前に、《母型》は《伯母》をうながして、かすかに光るパルスの一群れを受信させた。わずかのあいだのパルス光だったが、それは《母型》の人工知能のなかの現象でありながら、《伯母》には、旧溶鉱炉の真上に続く煙突の闇を突き抜けて空から届けられた月の光の粒のように感知されたという。

それから《伯母》は、《母型》が、《コトグラ》との接触によって損傷を受けたものの、そこから漏出した《言語構造物》の基板の一部の回収を果たしていたこと、それが《言語構造物》の惑星的資料であり、この極東の言語によって記されたものであること、また、幾重にも組みこまれた難解なブロックを解除し、洗浄処理された基盤からヒト言語を透かして読む技術を編みだしながら、難渋の果てに、その一部の解析にこぎつけることができたこと、それにはどういう偶然か、《母型》の病床となった蜜蜂の巣箱の、濃密なこの言語の《歌床》の胞散を浴びるという僥倖の助けもあったということを語った。《伯母》がそのパルス光を通して《母型》から受け取ったもののなかで、わたしに特別に伝えたかった二つのことだけを記すと、ひとつは、《母型》が蜜蜂の巣箱のなかにじっとしてはいなかったこと。帰島したアンドロイドのデータ履歴を通して、名井島を抜けだし、この極東の幾時代かの島山《しまやま》をめぐり、幾人かのヒト言語を紡ぐ者との接触を試みていたこと。

もうひとつは、ヒト文明を壊滅においやった《言語構造物》についての新たな知見資料の保管についての依頼だった。ただ、後者についてはほとんど事務連絡のごとき口頭の引き継ぎで、手渡された資料も、ヒト文明の終末期に使われていた原始的な一枚の基板に収められていた。しかも保護容器もなく剝きだしのままで。

そのことをいぶかしく感じたわたしに気づいて、《伯母》はわたしに話しかけた。

《母型》ノ機能ガ停止シタ今
《母型》ガ投影シタ「像」ニ過ギナイ私ハ消滅シテイルハズナノニ
私ハコウシテココニイル
モシ私ガ見エルノナラ
ソレハナゼ?
モシ、猫デアルアナタガ、みゃーと鳴イテ、
ソノ毛並ミニ触ル私ノ手ノ感触ガ確カニ伝ワルノデアレバ
ソレハナゼ?

つかのまの静寂を縫い取るように《伯母》は続けた。

ワタシタチハスデニひと言語ニ取リ込マレテイル
ひと文明ヲ消滅サセタ《言語構造物》ノ瘴気ノナカニイル

(『名井島』二〇一八年思潮社刊)

散文

詩集を編む――内藤礼《母型》をめぐって

瀬戸内海、小豆島の西に並ぶ島々のなかに豊島がある。玉野市の宇野港から三十分たらずで、家浦港に着く。島は周囲二十㎞ぐらい。電動自転車を借りて島のなかを巡る。これがなかなか快適。海沿いにしだいに高度をあげるうちに瀬戸内海の海が見渡せるようになる。

旅の目的は、この島にある《豊島美術館》。建築設計は西沢立衛、その建物の内部には内藤礼の作品《母型》がある。いや、こういう言い方は正確ではない。建築と美術作品が一体となった美術館と言えばいいか。これまでの美術館は、建物と美術作品は別々のものとして切り離して作られてきた。箱の中味はそのつど入れ替わって展示されるというのがふつうだが、ここは、美術館の建物を作るのと、そこに入る作品を作るのとが一体となっている。建築家と美術作家の共同作業。だから、《母型》のための建築物であり、建築物のための《母型》でもある。

建物は白いコンクリートのシェル構造、天井に二箇所の大きな開口部がある。そこから青空が見え、虫の音や鳥の声など島の自然の音が入り込む。もちろん、雨も風も入り込んでくる。パンフレットによると、四十×六十m、最高高さ四・五m。広々とした空間だが、高さはそれほどでもない。周辺部分などは、シェル構造なので身長がつかえてしまう。柱は一本もない。開口部にはリボンが垂らしてあって、外からの風にゆったりと揺れる。

中に入ると、コンクリートの床面の所々から、水滴が生まれ、床面の、あるかなきかの傾斜にそって、それがランダムに動いていく。強い撥水性をもった床面を、くっきりとした水の玉が、まるで意思をもった生き物のように、動きだし、不意にとどまる。とどまっていた水の玉に、別に流れてきた玉がぶつかって一回り大きな水玉になり、また静止する。やがてそれが突然流れだして、他の水滴を取り込みながら、さらに大きな水たまりになっていく。そんな水玉の運動が、広々とした空間のあちこちで起こっている。ちなみにこの生まれ落ちた水滴は、建物の下の地下水をくみ上げているという。豊島は、瀬戸内海の島にもかかわらず、豊富な水源を持つ森があって、作物もよくとれる、文字通りの豊かな島。

鑑賞者は、その空間に入って思い思いの場所でその様子を見つめる。おもしろいのは、鑑賞者の様子である。座り込んでいる者、それも体育座りのようにひざを抱えている者や、正座している者、あぐらをかいている者もいる。寝ころんでいる者も多い。うつぶせになって頬杖をついている者。眠りこけている者もいる。歩きまわっている者も、やがて自分の居場所をみつけて静かに座り込む。なかには、半日以上、そこですごす者もいるという。そう聞いても驚かない。そうだろうなと納得してしまうほど、この空間から離れたくない気分になる。黙して生まれる水玉、蛇のように流れる水玉、じっと動かない水玉をただ見ているだけなのに、いつまでもそこに心地よくいられる気がするのだ。

それにしても、周りにおおぜい人がいるのに、なぜ寝ころんだり、ひざを抱え込んだり、頬杖をついたり、というようなしぐさができるのだろうか。ふだんなら人前で、そんな無防備な、ごく私的なくつろぎのポーズをとることなど絶対にしないのに。

水滴が生まれ、時に流れ出し、しだいに大きくなって、小さな泉をつくっていく、という単純ないとなみなのだけれど、見つめていると、むしろ逆に、時間を遥かに遡っていくような感覚にとらわれる。すべての生命の根源が水、あるいは海に求められることを思い出すように。そこに身を置いていると、自分自身が名前も衣服も個性も出自も履歴も旅をしていることも、勿論仕事も、いっさいがほどかれていって、なにものでもない無垢な存在にもどって、水の玉によりそっているのに気づく。水の運動をながめているあいだに、しだいに《私》の時間を遡行していって、ついに母の胎内にまでたどりついた《私》は、もはやヒトでさえない。身体の方に残された仮の意思が、途方に暮れて、主が帰ってくるのを待つしかないという風情で。

内藤礼の《母型》には、繊細だが、しかし確かな強い言伝《ことづて》が感じられる。それは安易にことばで表現することができるようなものではないが、あえてその無謀を承知でいうなら、《母型》の言伝とは、そこで繰り広げられている水の玉の、気のとおくなるような循環の時間は、ほかならぬ、人と自然との、奇跡のような接触の歴史そのものを表しているのだと、そのことをぼくらに知らしめているように思われてならない。

その言伝のゆるぎなさは、島の《自然》が生み出している。島の自然は、実は自然そのものではない。人々の生活に馴染んだ自然、人々が自然に手を加えながら自然に歩み寄り、自然がそれを肯い、許しているような関係がそこにはある。この《母型》という反自然の人工構造物の中で育まれる水と風と光の時間は、人と自然との長い歴史そのものを象徴しているだろう。この一粒の水滴は、自然そのものの水の玉ではない。人と自然とが作り出した「玉」であり、そこには「魂《たま》」や「霊《たま》」を迎え入れることが可能な「賜《たまもの》」としての「玉」のふくみもある。

それはずいぶんと調和的な時間であり空間であるように思えるが、しかし実はそれだけではない。《母型》の言伝は、もっと深く、重い、人と自然との負の部分も露わにしている。

再訪して棚田の高みから海を眺めたときのことである、視界に白くやわらかいフォルムの、お皿を伏せたような豊島美術館が見えた。そのとき、これは、破壊されたシェルタではないかという思いがふとよぎった。二つの開口部が、その破壊の表象のように見えると同時に、まぶしいほど白いシェルタが、周囲の自然とは隔絶したものとして見えた。

ここは、カタストロフの記憶を埋めた場所ではないのか、という思いが、今度はゆるぎない確信のように、ぼくをよぎったのだ。それは原爆とかホロコーストとか、阪神淡路大震災とか、フクシマの原発事故を引き起こした東日本大震災とか、巨大火山の噴火とか、そのような具体的なカタストロフの記憶というよりも、それらと重なりつつ、さらに根源的な記憶の層にまで届くようなカタストロフの記憶と交信する場所ではないか。そして今更に気づくのだが、人類のカタストロフとは、つねに自然の脅威と人類の反自然的暴走によるものだった。前者は自明のこととして、後者は、人類の文明そのものが反自然的な踏み出しであることを考えると、これも注釈はいらないだろう。この豊島もまた、その地名の含意とは裏腹に、産業廃棄物による土壌汚染の重苦しい歴史が刻印された島であることも想起すべきであろう。

いま、白いコンクリートのシェルタの周囲の緑の森と、さらにそれを取り囲む圧倒的な海や空の広がりを見ていると、そのシェルタの反自然的相貌は明らかだ。その内部には草も土もない。コンクリートで切り取られた人工の空間である。かろうじて水と風と光が、皮肉なことに破壊されたシェルタの開口部からもたらされる。

シェルタはおそらく人類を守るために作られたもの。ぼくたちが生きるために、あるいは、生きるに必要な最善のすがたとして描かれた空間だったはずだ。あるいは、カタストロフからまぬがれるために作られたものだ。しかし、何があったかは知れない。なぜ、今のすがたになったのかもわからない。シェルタには人はいない。あたりの自然には、草も木もない。生命もない——そんな仮想の時間層が降り積もって、さらにどれほどの時間が流れたか知れない。そこに緑が戻って、人も帰ってきた。しかし、人は何が起こったのかさえわからない。ただ、その場所が、そのシェルタの形象によって、カタストロフの記憶がうずめられた場所であることを感じる。そのなかで、人は水の玉と出会う。

水の玉は涙であり、島であり、魚であり、生き物であり、命の息づきである。一つが一つにぶつかり、また流れ出す。そのたびに、記憶が呼び覚まされるが、それは何かを思い出すためではなく、むしろ何かを思い出さないためのかたい沈黙の意思の水脈のようだ。

鳥の声、リボンのそよぎ、空の光。それら外界の風や鳥の声や光が、カタストロフの記憶のように、破壊されてできた開口部からもたらされるのは象徴的だ。カタストロフは圧倒的な人の死をもたらすと同時に、それらのなだれるような自然の生命の息づきが、水（の玉）から生まれていること、そしてそれが、人の生命の泉でもあることを教えてくれる。

そんなことを思いながら、あらためて、ここにやってくることの意味を考えてみる。

鑑賞者は、もちろんだれも同じ思いでそこにいるわけではない。それなのに、だれもが、何か同じひとつのことを思い出そうとしているように見える。いや、むしろそれは祈りに似ているかもしれない。そのような心の姿勢が、鑑賞者の身体を貫いているように見えるのも、《母型》のなかにいることからきているにちがいない。水玉や、開口部からもたらされる光や風や鳥の声が、何か特別な恩寵のような意味を帯びてくるのと同じように、鑑賞者も、そこでは個人的な履歴をすべてほどかれて、この作品のなかの重要な要素を与えられたかたちなのだと思えてくる。鑑賞者もふくめた《母型》全体が、遠いぼくらの記憶の彼方にあるもの、言葉もまだないころのその遠い忘却の核《コア》に耳をすませているかのように。

ぼくはこの《母型》を再訪したとき、このような詩集を編みたいと思った。

詩集を読む者は、詩人も含めて、《母型》の鑑賞者と同じように、自らの来歴をほどかれて、詩集のなかに、それこそ詩集の一部として編み込まれている。

そして、詩集を繙く者は、収められた一編一編の詩を読みながら、そこに、言葉では書かれていないもうひとつの《詩》を読むことになるのだ。

詩集の一編一編の詩にはもちろん、それ自体で一つの世界がある。しかし、実は、それらの詩編は、詩集全体を通して、詩人が言葉で書くことができない一編の《詩》を胚胎させている。詩集というものを、ぼくはそのように考えている。朔太郎の詩集『青猫』を読むというとき、ぼくらはその個々の詩を読んでいると同時に、『青猫』という一編の、言葉では書くことのできない詩を読むことになる。

それを実現させるためには、「編む」という行為が重要になる。詩集を「作る」のではなく「編む」こと。そこには従って、「ほどく」ということや「編み直す」や「編み足す」ことも含まれている。様々なスタイルの編み模様を随意に配置し、それぞれの詩編の束や章だての隙間に、融通性のある多孔質の言語空間が胚胎されやすいようにしておく。作品間や、章ごとの関係が、読むたびごとにズレたり、にじんだり、流動したり、変質したりする。そのことによって、詩集の世界が、固定されずに、詩人にすら予想することのできない言葉の多層的な世界が実現される、というような。

ゆるやかな、あるかなきかの自在な傾斜を水玉が流れている。それは見る時間、見る位置、見る姿勢、見る日の天候や季節によって様々な変幻をみせる。詩集もまた、そうでなければならないだろう。静止したテクストではなく、また揺るがない構造物でもない。絶えず編み変え、差し替えられ、ほどかれ、また編み足される言葉の編み物として差し出さなければならない。もちろん、そのとき、すでに未知なそのテクストの世界を、詩人は言葉に委ねている。

（2019.8）

《Peninsula》あるいは、半島詩論

詩にとって《半島》とは何か。半島は、海と陸とをきわめて敏感に峻別しつつ、どちらとも融通を絶たない。ぼくたちはともすると、詩は《島》だと勘違いしやすい。《陸》＝散文から海を隔てて浮かぶ固有種の楽園としての《島》。行分けのスタイルに象徴される《島》の植物や動物は、そうした島の条件を前提としている。時折、連絡船が往来し、陸（大概は「本土」と呼ばれる）から島の豊かな自然に育てられた植物や、そこにしか棲息しない固有種を愛づるために島にやってくる。

しかし、そうした珍種として珍重される固有種を島のブランドとして本土から注目を得続けるためには、《本土》-《島》という前提を絶えず受け入れなければならない。この関係は、言い換えれば《中央》と《辺境》ということになる。《辺境》というのは、実は未知な可能性と創造的なエネルギーの眠る場所であり、むしろ《中

央》を巻き込み、《中央》対《辺境》という構図すらも溶解してしまうトポスとさえ言える。そう考える時、果たして《島》はその定義に十分答えられる場所だろうか。《島》を単体としてとらえている限りは、《辺境》のエネルギーは生まれない。むしろ、《陸》が散文なら、詩は《海》であるととらえるのが自然の摂理に適っている。《島》を《陸》と対置させるのではなく、《島》や海岸線をふくむ《海》を、詩のエネルギーの根源と考えた方がより創造的な構図が描けるのではないか。

さらに、もう一つ前提として言っておかねばならないのは、ことばは《陸》のものである（もちろん《島》も小さな陸である）。人間が基本的に《陸》に棲息するからには、それは当然のことと受け入れざるを得ない。

一方、詩は《海》であると言った。《海》はことばを拒む。ことばは人が陸に上がってから身につけたのものだから。詩は、従って、本質的にことばとは相容れない。海の磁場をことばに取り込むことによって、ことばでは表現できないポエジーを帯びた詩空間を現出させるしかない。そうやって、詩のことばは、《海》につながろうとする。ぼくたちが、《ポエジー》と呼ぶものがそこに生じる所以である。詩の出自は、ことばとは縁のない《海》のエネルギーにあるにもかかわらず、《大陸》由来のことばを使わざるを得ないところにあるのだ。繰り返すが、その時に詩のことばに発生する齟齬やねじれや沈黙や饒舌が《ポエジー》を生む。

このように考えるとき、詩は、《島》＝行分けスタイルに固着する必要はない。言い換えれば、《陸》とのつながりを拒否すべきではない。《半島》が持つ詩の創造性を持ち出す所以がそこにある。

初めに書いたように、半島は海にむけて突出し、強く海に魅かれるように流れ出した陸である。それとは逆に、半島は海に浸食されることを拒んだ強い意志の形象として海に向けて突出している。海を拒否し、海に魅かれる陸のことばに、ぼくは詩のすがたを見たいと思っている。

今まで、書きそびれていたが、ここでは詩や小説やエッセイというジャンルは意味をなさない。詩と散文という構図ですら、ここでは取り払いたいと考えている。それでもなお、突き詰めて問われるなら、《半島》は陸から突出しているのだから、陸のことばで書かれたもの、すなわち《散文》ということにはなろう。《詩》は《散文》のしっぽでありながら、《散文》を飲み込むように仕組まれたウロボロスなのだ。《散文》を飲み込むとは、《散文》を殺すことであり、《散文》の可能性を開くことでもある。しかし、繰り返すが、そう答えたところで、ほとんどそれには意味はないだろう。

蓋し、半島は、半分、島であり、また陸の成り余れる部分とも言える。そうした両義性こそ、ことばのPen-insulaの辺境性が、世界像を映す無数の鏡面の破片をきらめかせる光のことばを生むはずのものであるとぼくは信じている。

（2019.8）

月を片敷く——あるいは《月歌論》のための仮縫い

きっかけは澄みわたった秋の空に見つけた、氷砂糖の色をした有明の月だった。この秋口から、どういうわけか空を眺めることが増えた。ぼんやりと眺めているように見えて、その青い空の深さを探るように、じっと時の過ぎるのを忘れて見つめている。どうしてそんなに、青空を心の中に取り込もうとしているのか。そんなことは今までなかった。あるいは、ちまたの現実への執着にもう見切りをつけて、次の世界へ行く準備を無意識のうちに整えているのかも知れない。

そう思っていた矢先の有明の月だった。青さをいや増しに深くしていく空に、薄らいでいくかたちが何かの切片のように貼り付いてる。注意して見ないと空の青さに紛れて見えない月が、やすやすとわたしの心の空に貼り付いたらしい。

それから、夜空の月をしきりに見るようになった。

十二月になって、月は夜半、天頂に上り詰めた。皎々と冴えわたる冬の満月の妖しさと玲瓏たるさまに狼狽えてしまった。不穏なこころのさわぎを抑えがたく、ふいと呪文のように歌がひとりでに口をついてこぼれ落ちた。

＊

歌は窃かに月と密通している。

中古から中世にかけての歌の成熟は、月にすべてを投げ出した、言い換えれば、月に対する歌の露わな受容性にこそある。どの歌合でもいい、どの百首歌でも、家集でも、勅撰集でもかまわない。それらがひときわ異彩を放つのは偏《ひとえ》に、月の歌の可否に掛かっている。むろん、花は欠かせない歌の要諦だが、後に劇の時空の美の表象として世阿弥のために譲ったのだ。

歌という詩型が月を溶かし込むことによって、古代から中世へと歌を進めることができたというのがわたしの考えなのだが、それを体現した歌人が西行だった。

もの思ふ心のたけぞ知られぬる夜な夜な月をながめあかして

ともすれば月澄む空にあくがるる心のはてを知るよしもがな

ゆくへなく月に心のすみすみて果てはいかにかならむとすらむ

これはまぎれもない歌論である。月歌論である。

第一首目の「心のたけ」、次の歌の「心のはて」、月と心とのこのような関係のとらえ方は、ことばの実験に余念がなかったこの後の世代の定家には稀薄な物思いだ。月を眺め尽くした実感が、心の襞にひびくことばと音楽を生んだ。三首目もなかなかいい。あてもなく月を眺めているうちに、心が澄みに澄んでくる。このままわたしの心はどうなってしまうのか、という歌意だろうか。「月」を「歌」にすり替えれば、そのまま、西行の「歌」への感慨になる。歌を詠めば詠むほど、心が冴え冴えとしてくる。このまま歌を読み続ければ、わたしの心はどうなってしまうのか。

＊

月は満月によって完結するのではない。満月はあくまでも行き過ぎる経過の一点であり刹那に過ぎない。始まりは朔《さく》であり、朔は闇と同義。闇と朔が同じであるということ、つまり闇はすべての終わりを引き受ける場であると同時に、新月への月の胚胎を意味している。もう少し正確にいうならば、闇こそ生の息吹く場である。それをしかと証すために光が用意されなければならない。朔は始まりであるのみならず、終わりの始まりである。

＊

その年（文治六年・一一九〇年）の春に没した西行の追善のために九条良経によって催された『花月百首』は、慈円、定家、寂蓮、それに六条家の有家などの面々が集う有数の百首歌となったが、何よりも若き良経の登場を印象づけた。花と月を愛でた西行に因む歌題だが、そのうち、良経の月の歌から、

むら雲のしぐれて過ぐるこずゑより嵐にはるゝ山の端の月
うき世いとふ心の闇のしるべかなわが思ふかたに有明の月
ひとりぬる閨の板間に風もれてさむしろ照らす秋の夜の月
寂しさや思ひよわると月見ればこころの底ぞ秋深くなる
三日月の秋ほのめかす夕暮は心に荻の風ぞこたふる

良経二十二歳の頃の歌だが、月と心が自然に通い合う。月に託して心を歌う。そういう意味で西行を引き継いでいる。

空は猶霞みもやらず風さえて雪げに曇る春の夜の月
月の澄む都はむかし惑ひ出でぬ幾夜か暗き道をめぐらむ
月やそれほの見し人の面影をしのびかへせば有明の空
ふるさとは浅茅が末になり果てて月に残れる人の面影

『秋篠月清集』からの四首だが、この家集の名からして、九条良経の月に籠めたポエジーの妖艶さはもはや言うまでもないだろう。これらの歌をよんでいると、月とはまずは月の光であるということが実感される。春寒の雲の背後にある月のほの明かり、皓々と都を照らす月明かり、明け空に闇の記憶をとどめたように力なく張り付いている月など、月の光の変幻が歌全体を支配している。月の光は、陽の光とはまったく来歴を異にする。後者は闇を押しやって生まれる光であり、前者は闇の中でこそ息づく光。闇を育てる光。

良経の歌は、月に心がしみこんでいる。近代的な憂愁さえ嗅ぎ取ることができはしまいか。

＊

定家に及んでは、月はことばの多様なレンズとして駆使されている。

大空は梅のにほひにかすみつつ曇りもはてぬ春の夜の月

梅の花にほひをうつす袖のうへに軒もる月のかげぞあらそふ

花の香のかすめる月にあくがれて夢もさだかに見えぬ頃かな

明けばまた秋のなかばも過ぎぬべしかたぶく月の惜しきのみかは

こしかたはみな面影にうかびきぬ行末てらせ秋の夜の月

さらに月を幻想の被膜の衣でくるんでみせたような次の歌、

さむしろや待つ夜の秋の風ふけて月をかたしく宇治の橋姫

ことばが月を凌いでいるとでも言えばいいか。歌の作り方として、ことばの方が月よりも優位にあるところが、西行との違いだろうか。西行の場合は、やはり、月が西行をして歌を作らしめたような印象が強い。あくまでも月があり、ことばはそれに促されて従うかのごとき自然さがある。それがゆたかでまどかな音楽を作り出す。

　西行の歌が調和的な満月を目指しているとすれば、定家は逆に朔へと向かうベクトルを持つ歌といえるだろう。見える月の部分よりも見えない月をことばによって見ようとする。

　ことばが提示して初めて月の光が生ずるような歌である。橋姫伝説があり、宇治十帖があって（つまり、ことばがまず設えられて）そこに月の光が溶かし込まれるわけだから、月はいきおい幻想の光を帯びる道理である。

＊

　現代においても、歌は月の魔性にゆだねられて、そのポエジーの命脈を保っているというのが、わたしの『月歌論』の骨子である。言い換えれば、月の妖力を失えば、歌の命脈は尽きる。もっとも、月の歌を歌えばよいというのではないのはもちろんである。

　わたしたちは、月の引力が潮の干満を操り、ヒトの身体にも影響を及ぼしていることを自明のこととしているにもかかわらず、月の引力が、歌という詩型を決定づけていることについてはあまりにも無自覚である。歌の三十一文字と月の満ち欠けの周期とがほぼ釣りあっていることは偶然ではない。けだし、月を片敷くとは言葉という自然から、歌という定型を引き受ける不自然を敢えて選びとること、また、その不自然にこそ、変幻する光と闇をあやつる月の胚胎する言葉の宇宙の根拠が隠されているということ。もう片方に同衾すべき恋人（ポエジー）の非在を託つことによって呼びさまされる情感こそが歌の調べを醸成するのである。

《付録》　円周率のサル

針間國賀毛郡《はりまのくにかものこほり》

セリあをき野は半島に続きたり仮剝製の鴨の眼裏《まなうら》

祖母譲りの雛の官女を仕舞ふときひとすぢ白き髪のまじらふ

いそぎゆく加古の仮橋《かりはし》かりゆゑにわが影半歩われを越しゆく

雨脚の後ろに隠れ濡れざりしわれに従ふ産坂《さんざか》の猫

円周率のサル

腐刻画のカフカの耳の巣穴から這ひだしてくる断食芸人

円周率をしづかにタイピングするサルのなかに棲むわたくしが戻らない

台所で膃肭臍《おつとせい》を飼ふ妻　サラダ盛る皿ぬるき巣ごもりの指

ふる硝子ふる雨の滲むフィルム　路地裏でミシン踏む母を呼ぶ声

不穏の蛸

発電所の有色の水たまり　睡眠服を脱がしてほしい

すぽらぺりんぐ　歌はいつも不穏の蛸を打電してゐる

空卵《くうらん》

アクリルの容器に並ぶ空卵に応答のあり顔近づけぬ

わが庭に孕みたる猫迷ひきてわれを透かして抜けとほるなり

名も知らぬみづどりの羽拾ふとききみのたまごを産みたしと思ふ

うみかぜに耳をすませばきみの卵《らん》を産むための呼吸《いき》しづかにかよふ

翳りたる白色《はくしよく》の卵うるみゐてきみのうつろを思ひけるかな

耳を流しに

匙ひとつ夕影にある絵を仕舞ひ夢ひとつ口移しにいただく

裏窓に幼女気遠《けどほ》く泣くゆふべ耳を流しに身支度をする

節々をこきりこきりと鳴らす癖人形病と囃されてうれし

（「ロッジア」十三号、二〇一四年一月）

作品論・詩人論

名井島へ　名井島から

高橋睦郎

この詩人は詩作を始めた最初の段階から語りの構造に、言い換えれば語る者と語られる者の関係に拘りつづけてきた。すでに一九八三年湯川書房刊行の第一詩集『胚種譚』（これ以前に詩人が習作と位置づける一九八一年沖積舎刊『伝説』があるらしいが、ここでは触れない）所収の「荒ぶるつわものに関する覚書」にそれが見える。そのⅠの書き出し、

> 荒ぶるつわものの伝説を語る人々は、菫者《すみれもの》と呼ばれ、見事な弓を携えているにもかかわらず、ことごとく目を病んでいる。その名のとおり春にのみこの邑《くに》を巡遊し、菫色に染めた衣裳をまとい、その色と紛う程の空あいになる黄昏にまぎれて姿を現す。

いうまでもなく「荒ぶるつわもの」も弓を持っている。むしろ、言いなおすべきだろう、「荒ぶるつわもの」は弓を持っている、そして「菫者」も弓を持っている、と。両者における弓の相違は、前者の弓が武器であるのに対して、後者の弓は楽器である、ということだ。ただし、後者の弓はユミではなく、ユメと呼ばれる。

この目のつけどころは秀逸だ。楽器が武器から出ていることは音楽史上周知の事実であり、そのことをいうのに、yumi と yume の音韻上の異同に目をつけたところは詩人のお手柄というべきだろう。これを要するに、つわもの＝語られる者であることを断念した者が語る者になる、ということだ。

この「荒ぶるつわもの」と「菫者」の関係は、第二詩集を一つ跳んで一九九一年書肆山田刊第三詩集『星痕を巡る七つの異文』所収の「星宮記」では、「若い王」と随身、ことに個別化された「随身星丸」の関係になる。「若い王」はすでにつわものではない。いうなればまつりびと＝支配者、ただし地の都の支配者ではなく天の都の支配者、天空の星とその象りともいうべき鞠（と歌）にしか興味を示さず、その名に愛でて傀儡《くぐつ》廻しから随身

に取り立てた星丸の生得の鞠のわざを磨かしめるとともに、手習いを通して歌を教えこむ。

　地の都の支配者は王の父である院だが、それは昼間に限ってのことらしい。夜間の地の都は夜盗の群れのなすがままで、群れの頭目はどうやら王のようだからだ。地の都といえども夜は天の都に属している、ということだろうか。そのことに気付いた院は王の廃位と流罪を命じる。しかし、

　若い王は配所に赴く前夜、異朝の白衣《しろぎぬ》を装ってひかえていた。しかし誰もその白衣に包まれた軀が王のそれでないことに気づかなかった。おれは随身のひとりが恭しくさしだした料紙に王の筆をまねる労もなく歌を記《しる》して随身に示した。

影揺する星都のしづく尋ぬれば魂《たま》の光ぞわが裡にすむ

　歌の出典を後注に『星宮集』とし、『秋篠月清集』『明月記』と並べてあるが、もとより後京極摂政良経の私家集や京極黄門定家の私日記と並ぶなにがし帝の私家集『星宮集』などあるはずもないことは、「星都」なるこなれぬ漢語脈の贋歌語からも明らかで、これは語りが騙りにほかならないことを暗黙裡に示す深い用意だろう。詩人の語り＝騙りの技はつづく第四詩集『ジパング』、第五詩集『翅の伝記』、第六詩集『石目』と、集を重ねるごとに冴えていく。いまそのすべてに細かく触れる余裕はないが、『ジパング』所収「耳目抄巻第四第二　播磨守、夢に杏を食ひて横死したる事」の「優雅な遊芸童子」「綾丸」が「星宮記」の「星丸」のヴァリエーションとしての「人形」であること（「星丸」が傀儡廻しから取り立てられた随身だったことを思い出そう）、また、『翅の伝記』の舞台が太平洋戦争中の南洋の島嶼一帯であることは押さえておこう。

　そして『石目』。この詩集はこの詩人のこれまでの詩集とは性格を異にし、自伝的色彩が濃い。「ハーテビーストの縫合線」の話者は女性である「わたし」だが、「森屋敷」「とりかい観音」「石目」の話者は「ぼく」「わたし」「私」と呼びかたは変わるものの、同じ男性と見

ていいだろう。ただし、語り=騙りに拘るこの詩人のことだ、自伝的色彩をそのまま自伝と見做すのは軽率だろう。

その点、『石目』のしめくくりの「シイド・バンク(seed bank)」はこの詩人の魂の自伝、というより告白と読むことができて、興味ぶかい。「告白」は「予《かね》て、私の歌のなかのどこを探しても私が見つからないことを難ずる批評がある。歌のなかに私がゐないことのみを歌の瑕疵としてあげつらふのは承服しがたいが、歌のなかの私がどこに隠れてゐるのかといふ点については、実は私自身にもわからない。／ところが、過日、シイド・バンク(seed bank)といふ植物の種子の話を聞くに及んで、なるほどと合点したことがある」と始まり、しばらくして次のように言う。

仮にシイド・バンクが、私の歌の土壌にもあるとすれば、それらの歌の種子は、言葉として開かれる環境にないゆゑに、じつと種子のまま眠つてゐるといふわけである。

ところで、私の歌の土壌にうづめられた歌の種子は、どこからやつてきたのだらうか。おそらくは、まづ私自身や私に関はる履歴から導かれる記憶や、その断片を封じたものが多くを占めるのはいふまでもない。しかし、私の歌の土壌は、これらの種子の生育には馴染まないらしいのだ。

そのかはり、私の与り知らぬ未生の記憶や、私とは全く関はりのない誰かの記憶の断片、さらにはヒトの来歴にまで溯る途方もない時代の記憶の種子といつた、私の非在に紛れ込んだ種子は容易に割れるやうだ。

ただし、初学以来二十年を経た私の歌の土壌に、これから先なんらかの変異が起こらないとも限らない。

その変異がついに起こった。それが第七詩集『名井島』の出現ではないだろうか。一読したところ、詩集『名井島』を構成する詩群はこれまでの語り=騙りの形を捨てたわけではない。むしろ同じ形をさらに複雑化し深化させているように感じられる。ところが、結果的にかえって、「私自身や私自身の履歴」、さらにそれを超えて「ヒトの来歴」という「私自身」の根源のありよう、敢えていえば存在あるいは非存在の悲しみまで滲み出させているようだ。そして、そこにはじつはそれまでの六詩集、とりわけ第六詩集『石目』の自伝的要素が超自伝化されて息づいている。以下、内容の流れに沿ってすこしく詳しく見てみよう。

まず、「朝狩《あさかり》」、近くは岡井隆の同名の歌集。遠くは『万葉集』巻一「天皇、宇智の野に游猟したまふ時、中皇命の間人連老をして献らしめたまふ歌」の反歌「たまきはる宇智の大野に馬並めて朝踏ますらむその草深野」を思わせるその内容は朝々の読書からの収獲を言い、これが全体の序歌となっている。

つづく、「I島山」は最初の「をりくち」が示すように釈迢空折口信夫の第一歌集『海やまのあひだ』の最初の歌群の小題「島山」の引用で、「をりくち」は織田信長石山本願寺攻めの折、顕如上人に城郭からの降り口を示した功により「をりくち」の姓を与えられたという折口家の口伝により、これから始まる地獄下りとも読める「名井島」世界への降り口を示し、以下の行分け詩篇は地獄下りへの足慣らしともいえる。

とりわけ重要なのが「をとめの島—琉球—」歌群の「をとめ居て、ことばあらそふ声すなり。穴井の底のくらき水影」でこれが「島の井」一篇、さらには『名井島』の「名井」の重要な発想源となっているようだ。なお、同歌群中の「糸満の家むらに来れば、人はなし。家五つありて、山羊ひとつなけり」の「山羊」、「人の住むところは見えず。荒浜に向きてすわれり。刳り舟二つ」の「荒浜」と「刳り舟」(=丸木舟)もイメージ形成を助けている。「通訳」は折口の琉球探訪の際の案内者のような存在がヒントになっているのかもしれない。途中まで案内者と見えていた「通訳」の正体が突然「籐籠に入れてきた」「栗鼠」と明かされるどんでん返しは意表を衝いている。

「II夏庭」では、舞台は「I島山」と打って変わってコロニーと呼ばれる未来的な施設で、「わたしたち」は「ヒト標本」としてひとりひとりゆるやかに区切られた空間で「《庭師》と呼ばれる役割の男女」に伴なわれて生活している。「夏庭」と呼ばれるからには先立って

「春庭」がありそこは研修施設、つづく「秋庭」は「夏庭」から厳選された者たちのリタイア後の余生を送る施設、さらに「冬庭」はさらに厳選された死後の施設といえばよかろうか。施設は「機関」に管理されているというが、「機関」が何であるかは不明。神あるいは超自然と言い換えてもいいかもしれない。すると「ヒト標本」とは人間のありようの批評的表現なのかもしれない。

「夏庭I」では「《庭師》と呼ばれる役割の男女が、わたしたち一人一人についている」とあるが、「夏庭III」の「わたしの傍ら」の「庭師」は女性で「わたし」の「ねえさん」を演じている。この「ねえさん」は「III歌窯」を跳んで、「IV名井島」の「不具合」をきたした「アンドロイド」である「わたしのリハビリ」に付き合う「伯母」に繋がる。ここで連想されるのは詩集『石目』の「とりかい観音」に登場する「叔母」だ。「歩き始めた頃からひどいできものに悩まされてい」た「わたし」を奈良の山奥の観音さんに連れていってくれたという叔母である。

この「ねえさん」=「伯母」=「叔母」は容易に折口信夫における「ゑい子叔母」、さらには『古事記』の倭建命の叔母倭比売命《みおばやまとひめのみこと》を思わせる。信夫の少年時代の折口家は婿養子の父秀太郎が叔母ゆうと通じていたため母こうも信夫に尋常な母親としての対応ができず、そんな中で母親代わりの役目を担ったのがもうひとりの叔母ゑいだった。また、『古事記』によれば遠征に次ぐ遠征を命じる父景行帝のことを「私が死ねばよいとお思いなのか」と嘆き訴える甥を叔母倭比売命は慰め草那芸剣《くさなぎのたち》と御嚢《みふくろ》を与えている。

「III歌窯」に戻れば島の「旧精錬所」の「熔鉱炉を改良した歌窯」の主人である猫も、その元である半島の「歌床」の代々の主人だった狐も、歌を哺み育てるという性格から言って保母的存在、さらに「I島山」の栗鼠もその通訳という役割は卓れて保母的だ。さらにいえば詩集『名井島』に通底するテーマは語り=騙りという保母的行為の意味ということになろうか。その意味を述べてきたのがこの詩人のこれまでの六冊の詩集だったとすれば、その叙述の成果をすべて注ぎ込んだ歌に変成した歌窯が今回の詩集『名井島』詩篇だったと一先ず言うことができよう。

　もちろんそれは語る＝騙る者の側に限ってのこと。語られる者について言えば、語られる者がひとりのつわもの、ひとりのまつりびとからわたし↓ヒト標本↓アンドロイドという広やかなわたし＝わたしたちとなる。そのとき、語る＝騙る者が歌う者になったように、語られる＝騙られる者が歌われる者になる。

　その歌う者＝歌われる者の場である名井島は、すべての名を産む井戸のある島であるとともに、どこにもない島。それは瀬戸内海という日本の内海に想定しうるとともに、日本という島国のありようでもある。さらに地球という天体も一つの島、地球という天体を一つの島とする宇宙自体も、さらに大きく想定される大宇宙の中の一つの島。もっと見かたを変えれば、有といわれるものが無という無限の海の中の島ということになろう。

　では詩集『名井島』を締めくくる★の後の《母型》についてては、どう読めばいいのだろうか。ここでの「わたし」は猫に身をやつし、室町時代から続く「歌窯」を島の銅精錬所跡での廃墟で営んでいたが、そこを閉じたあと島猫たちを束ねて「歌床」を月に返すべく努めている。そこに用済みの雛を入れた木樽が、つづいて《母型》が漂着する。この《母型》と《伯母》の複雑極まる関係については、直接読んでいただくことにしてここでは述べない。《伯母》が「わたし」に話しかけた言葉の結論のみを引こう。「ワタシタチハスデニひと言語ニ取リ込マレテイル／ひと文明ヲ消滅サセタ《言語構造物》ノ瘴気ノナカニイル」

　ひと文明崩壊後の人工知能であるらしい《伯母》から「わたし」に投げられたこの言葉をどう解釈するかは読者ひとりひとりに委ねられている。いずれにしても、この詩人のこれまでの営為は『名井島』へ注ぎ込まれたといってもよかろう。では今後『名井島』から何処へ行くか。語る＝騙る者が歌う者になったのなら、聞く者は耳を澄ます者となって歌の今後を待ちつづけなければならないだろう。


　ところで、ここで一つ、恥かしい告白をしなければならない。いまから三十数年前、第一詩集を出したばかりの詩人に私は深く考えることもなく、あなたの詩のさらに自由な実現のために地方を捨てて中央に出てきては？と勧めたのだ。いま深く考えることもなくと言ったが、軽く考えてと言い換えるべきだろう。詩の実現のために北九州という地方を捨てて中央に出た自分に鑑《かんが》み、奥播磨といういっそう閉塞していると見える地方から出てくることを勧めたわけだ。そのときの詩人の頑なまでの拒否の表情を私は忘れない。いいえ出ません、と詩人は断固たる調子で答えたのだ。

　鈍感な私にもいまなら分かる。私にとっての北九州が中途半端な地方なら、詩人にとっての奥播磨は半端ならざる地方だった。いや、中途半端なのは北九州にとどまらない。中央も中途半端、地球も、宇宙も、大宇宙も中途半端、ならば半端ならざる閉塞の地方に棲みつづけ、そこで考えつづけ書きつづけるに及《し》くはない。その結果が、『名井島』を齎らした。ならば、『名井島』からさらなる未知の域へ至るだろうことは明らかだ。いま私が勧めるべきはむしろ私自身に対して、いま己がいる場所において己のなすべきことを見つめよということに尽きる。詩集『名井島』とその作者である詩人のありようから私が教えられた最重要のことはそのことである。

（2019.7）

時里二郎の〈原郷〉

高柳 誠

本書は、時里二郎の自選によることを考慮すると、長年の詩的業績の集大成と言ってよい『名井島』を中心に、そこに至るまでの道程を明らかにするといった編集方針のもとに編まれていると思われる。それゆえに、あるいはまた、文庫というコンパクトな形態からくるページ数の制約もあってか、第一詩集『伝説』（一九八一）からは一篇も収録されていない。しかし、『伝説』から採録されなかったのは、もちろんそれだけが理由ではないであろう。なぜなら、たとえば手元にある『名井島』の巻末の著作目録からも『伝説』は除外されているからだ。その理由は知るべくもないが、私の推測するところ、自身の詩法が確立する以前の初期習作にすぎないと詩人が考えているからではないか。

だが、その出発点から彼の詩を読み続けてきた私から見ると、このことにこそ、時里二郎の詩の〈原郷〉を探るカギがあるような気がしてならない。つまり、初期作品という未だ作者がその詩法に充分意識的ではなかった時期だけに、さらに、作者自身の著作履歴から除外された作品であるがゆえに、かえってそこに詩人の原質がもっともナイーヴなかたちで出ているのではないだろうか。未読の読者の便宜を図るうえでも、なにはともあれ『伝説』から任意の一篇「白い巨木」を引用してみよう。

サギの見ているものを
ぼくも見ている
と言う
少年に
会った。
群青の海を
かかえこんだ
りんどうの道や
瑠璃色の実の内部の
瑠璃色に熟れていく
世界を通って

低い雑木林の道は
薄荷《はっか》の匂いが
するので
走りぬけてきたと
彼は長いサギの首を
撫でながら
言った。
また
白い巨木を
探しにきた
とも彼は
言った。

すぐれた詩人にとっても生涯の一時期にしか訪れない、清冽な泉のごとく純度の極めて高いなんとも初々しい抒情の発露である。時里二郎の生まれ故郷は、柳田国男の生家にもほど近い、シラサギやアオサギが飛ぶまさに典型的な「日本の田園風景」の中にある。しかし、これを、目に映じた田園風景を単に抒情的にうたいあげただけのものと見てはならない。『伝説』というタイトルから明らかなように、詩人の目はその風景の背後にすでにして神話／伝説的世界の面影を見てしまっている。たとえば、「群青の海を／かかえこんだ／りんどうの道や／瑠璃色の実の内部の／瑠璃色に熟れていく／世界を通って」といった表現からも、そこに至るための通路を作者がすでにして見据えているのは明らかだろう。

『伝説』は「I伝説」「IIポプラ」「III肖像」と章分けされた全十六篇すべてが行分けの抒情詩である。「伝説」の章では、今見たようにサギと少年をめぐる神話／伝説的世界の気配が田園風景を背景に描かれている。「ポプラ」の章では、「からしな」「タンポポ」「コスモス」といった具体的な植物によって触発された日常を超え出た時空が抒情される。拾遺的な「肖像」の章もふくめて、未だ予感的なかたちであるとはいえ、生まれ育った土地の風景や風土に触れてそこに出現する神話／伝説的空間への希求がみずみずしいことばづかいで描かれている。第二詩集以降、稠密な散文詩に向かった時里二郎にとって、若書きということ以上に行分けの抒情詩であることがその作品履歴に登録されない最大の理由かもしれないが、逆にそれゆえにこそ、私はこの世界に彼の〈原郷〉を見たいのである。

彼は、大学時代を除いて一度も生まれ育った土地を離れていない。それは父祖以来の故郷の「土地の精霊」との関わりを、たとえ無意識のうちであっても維持し続けようとする意思の表れだろう。私がここで〈原郷〉ということばで言い表すのは、具体的な土地そのものにとどまらず、父祖の歴史を遡りさらにその周囲の文化／風土をも巻き込んだうえで形成される創造的／想像的な場所であると同時に、詩人の詩的言語そのものが発祥した地でもあり、そうした要素がすべて絡みあって詩人の内部世界で咲き競う、言って見れば理想郷としての非在のトポスのことでもある。時里二郎の詩は、故郷に根を張る〈原郷〉といつもひそかにへその緒でつながってその養分を吸い取り、それが緻密なことばのかたちを通して詩的形象として表出されるのである。虚構的な作品構造をもつにもかかわらず、彼の詩が圧倒的なリアリティを保持しているのは、第一にこの要素が大きいのではないだろうか。

ジャック・デリダがどこかで「書く、とは始源への情熱だ」と述べていたが、この「始源」を「原郷」と置き換えてみれば、これはそのまま時里二郎にも当てはまる。ただし、この〈原郷〉は究極的な詩の原点でもあって、容易に想像されうるように現実世界には存在しえない。イメージとしての〈原郷〉は、はっきりとした形で自らの深奥にあるにもかかわらず、その内実を把捉しようとすればするほどその本体は逃げ去ってしまう。したがって、詩を書くことはその〈原郷〉を求めての彷徨とならざるをえない。それが詩人をして、生まれ故郷の過去へ、ときには父母未生以前の時空へ、あるいはどこかとも知れぬ未来へと駆り立てる。しかも、彼の彷徨は単なる無目的なものではありえず、どこかその奥底に〈原郷〉のイメージだけはくっきりとあるのだから、立ち止まることも引き返すことも、ましてや捨て去ることなどできるはずもなく、その幻想を求めてさまよい続けるしかない。

詩人がこの〈原郷〉を信じるのは、そのイメージが始めから魂の根底に焼き付けられていたからだ。その絶対的な美のイメージは、検証しようとするとたちまちあやふやなものと化すし、また、いつどこで刻印されたかも定かではないにもかかわらず、ふとした故郷の事物やイメージに（『伝説』の場合で言えば、サギやポプラに）そのかすかな面影を本能的に感じ取って魂が共振しだす。しかしながら、〈原郷〉の光景は狭義の〈現実〉のうちに見いだしえないことを、言い換えれば、それらは〈幻想〉のうちにしか存在しえないことを決定的に知ってしまったがゆえに、彼は詩を書き始めるのだ。こうした彼にとっては、日常的に見聞するいわゆる〈現実〉よりも〈原郷〉の面影の方がいっそうリアルなのである。

『伝説』の段階では、その面影をやどす事物から〈原郷〉の姿をいわば予感や気配として提出するだけだった時里二郎が、自らの内部を深く掘り進めることによってその内実を確かな手ごたえとともに初めて摑み取ったのが、「荒ぶるつわものに関する覚書」であった。この作品を手書きの原稿で読んだときの衝撃を、私が忘れることは生涯ないであろう。自らの詩の水脈とそれを作品化する詩法とを同時に手中にしたものだけが帯びる、独特の熱量と風格をはっきりと見せていたからである。「辺土はおのれ自身の裡にひろがっている」という詩句にもあるとおり、ここで時里は〈私〉を離れて普遍的／根源的な存在にまで確実に測深鉛を下ろしているし、ここに描かれた「邑《くに》」はどこかで故郷の風土に根を深く張っていると同時に、自立した抽象的／普遍的世界として充分に成立している。本書の巻頭にこの作品が置かれているのは、決して偶然ではないのである。

これ以降の時里二郎の詩的彷徨は、「指茸記」（『採訪記』）、本書収録の「星宮記」、（「名井島」を予告するような作品）「物言う島」、「石目」といった代表作を通してさらに複雑で精妙な言語世界を形成して、ついに『名井島』に収斂する。その軌跡は、ときに「島」「トンボ」「木の実」といった原型的な〈もの〉の姿をとって、ときに「石守」「鞆」「飛礫」といった民俗学的なモチーフとなって、さまざまなかたちで現れる。たとえば、最初の引用に出てきた「白い巨木」は、そのまま『翅の伝記』のなかの「物言う島」に再び出現するし、「荒ぶるつわものに関する覚書」に出てくる「弓弦《ゆみづる》を弾《はじ》いて音を出す」楽器「ユメ」は、「物言う島」では「弓をしなわせる弦の音を思い起こさせる」「ギー」に姿を変えて現れる。「木の実」も、「ムクロジ」や「榧」「栩」といったように変幻自在な形象によって顕現する。

その彷徨は、どこか柳田国男や折口信夫につながる民俗学的世界へと、螺旋を描くようにしてしだいに意識と言語の深層に至り、それにともないイメージも精神の深い位相を体現したものに深化していく。もちろん、彼が〈原郷〉を忘れることは決してない。ただ、それが「故郷」の事物といつでも共振するというわけでもない。初期作品では、たしかに〈原郷〉は故郷の事物に触発されて発動することが多かった。しかしその場合も、比重は〈サギ〉〈ポプラ〉といったそこにある〈もの〉の側にではなく、それらによって触発され発動する〈原郷〉の内実の側にあった。乱暴に言ってしまうと、彼の詩の目的は、〈原郷〉内部にある父祖の時間を遡行することによって、そこに存在すると信じられる己の魂の始源——それはまた、人類の普遍的／原型的な魂の始源でもある——を探求することにこそある。この意味において、時里二郎は明らかに求心的なタイプの詩人であると言えるだろう。

かくして、時里の詩的彷徨は原則的に故郷の事物に執着することは必然的に少なくなって、しだいに民俗学的な、言ってみれば柳田／折口的な日本の（さらに遡って大陸や南方の島嶼を含むアジアの）魂の古層を探求する方向に進んでいく。そして、現在までのところその最高の達成が『名井島』であることは衆目の一致するところであろう。ここで時里は、〈折口信夫〉や「夏庭」「歌窯」、また、《伯母》や「アンドロイド」（カズオ・イシグロを連想させる）といった魅力的な装置によって、多面的な世界の様相を実に精妙に造型しながら、精神の基底部にある原型的な形象にまで到達する。舞台は故郷を離れ、父祖の記憶を遡るかのように瀬戸内海と思われる海に浮かぶ小島に設定されるし、「アンドロイド」が暗示する近未来的な時代設定も行われている。時間軸も空間軸も融通無碍に往還しているのである。

さて、このような完成体に近い作品を書いてしまった時里二郎が、今後いったいどの方向にその詩的彷徨の足取りを向けるのかは、『名井島』以降の作品を読みえていない私にとって予断を許さないのだが、序詩を除いて詩集の最初に置かれた「をりくち」に「あをさぎ」が出てくることや、「雨に濡れ／さるなし／やまぶだうの葉／ゆきなずむ／ここを撫でて／擦り切れた羽のやうに／うたを接いでいく揚力をうしなつて」といった詩句に、はるかに洗練されているとはいえ、どこか『伝説』の語法が透けて見えているところからすると、ふたたび行分け詩の世界へと原点回帰していくような気がしてならない。しかもそれは、「名井島」がまた「無い島」に通じることから明らかなごとく一層抽象度を増したものに、あるいは、「鳥のかたこと　島のことかた」といった作品が暗示しているように、イメージ性や意味性よりも音韻を重視したものになるような予感がするのだが……。

『名井島』を一つの到達点としてみて、時里二郎の詩的彷徨を辿るかたちで編まれているがゆえに、本書に収録されなかった名篇も実は多い。「Friday氏の広場」「鳩をめぐるStanza」といった作品がそれだ（もちろん、この系列に属する「ダルレス　或いは記憶の地誌」「採星術」といった名篇は採用されているが……）。これらは、今まで論じてきた作品とは系列が異なり、〈原郷〉の現れ方が具体的な故郷の風土につながるような要素が見えない。むしろ、西欧的ないし無国籍的な要素が強いと言うべきだろう。前述したように、時里の詩の比重が〈トンボ〉〈木の実〉といったキイワードによって発動される〈原郷〉の内実を表現することにある以上、それらをもとに日本的風土とは無関係にその内実を純粋培養したような作品も当然存在するはずで、いわばこれらは、虚空にことばのみで直に〈原郷〉を打ち立てようとする美しい野心の産物であると言ってよい。

たとえば、「Friday氏の広場」は、「荒ぶるつわものに関する覚書」と対蹠的な位置を占め、故郷からのへその緒を断ち切って初めて西欧的な世界をことばの質感のみで幻出させた、詩人にとって画期的な作品だと私は考えている。つまり、第二詩集『胚種譚』は、1部に故郷の風土をモチーフにした作品を配置し（実在する川に基づく「夢前川に関するノオト」が収められていることでこのことは証明されるだろう）、2部に西欧的／無国籍的な作品を収録しているのだが、巻頭に置かれた「荒ぶるつわものに関する覚書」と巻末に置かれた「Friday 氏の広場」という傾向を異にする両翼的な作品の、強力な磁場の緊張関係、せめぎあいの中で詩的空間が成立している。時里二郎の詩的彷徨の前半では、この二つの系列は絡み合ったり対立したりしながら、一方が顕在化すれば他方が深部に潜って下支えするというように常に彼の詩的磁場をその緊張関係によって牽引してきたのである。

それが、『ジパング』の「マカール、或いは旅する山羊」あたりを最後に、あるいは、『翅の伝記』の「島嶼のサル　或いは　翅の伝記」や「手帖」といった南方の島嶼をそのモチーフとする中間的とでも言うべき作品を最後に、こうした傾向はほとんど見られなくなる（ただ、『石目』の「ハーテビーストの縫合線」などの短い作品には伏流水のように現れてくるのだが、詩集のなかで装飾的な役割しか担っていないと言える）。たしかに、『名井島』のアンドロイドの扱いなどを見ると、この二つの流れがみごとに融合しあって一つの言語宇宙を作っていると考えることも不可能ではないのだが、ただ、出発点から時里二郎の作品を知る私としては、彼にしか書きえぬこの作品系列の新たな展開やさまざまな彷徨を、さらには、キイワードが互いに結びあい目にも綾なイメージの世界が、いわば〈故郷〉や〈父祖〉というへその緒を断ち切って時間も空間も特定できぬような虚空に、ただことばの質感のみで生命体のように息づく到達点を、今後ぜひ見てみたい気がするのである。

（2019.6）

北条町あれこれ

池内紀

時里さんとは詩集『ジパング』をいただいたとき以来だから、もう四半世紀になる。私は詩を読むのは好きだが自分ではつくらないし、詩がわかるとも思っていない。だからどんな礼状を出したのか、何かにちょこっと書いた気がするが、何を書いたのか、一切おぼえていない。とにかく優れた詩集だと思った。用語、措辞、硬質の緊密な文体、見知らぬ虚空に連れさる誘引力、すべてにおいて完成されていた。きっと明日にも詩壇の大きな賞を受けて、はなやかなライトをあびるんだと思った。

私が目をみはったのは、送られてきた詩集にもまして、送り手の住所である。そこには兵庫県加西《かさい》市北条《ほうじょう》町とあった。合併して市となる前は兵庫県加西郡北条町ではなかったか。私はその隣りの姫路市の生まれで、北条には母の兄にあたる人がいて、小学校の校長をしていた。こちらは父を早くに亡くしたので、母は兄に「父親代わり」をたのんでいたのだろう。夏休みになると北条から誘いがきて、出かけていった。勉強をおしえるということで、ノートや教科書をせおっていったが、勉強などひとこともいわれず、従兄と遊び呆けていた。

誰の注意もひかない小さな地方都市だが、柳田國男にくわしい人なら、名前だけはごぞんじだろう。柳田國男は北条町の西隣りの福崎町（旧田原《たわら》村）辻川の生まれである。柳田は養家の姓で、元は松岡といった。松岡國男が十歳のとき、松岡家は辻川の家と土地を売り払い、長男を大学医学部に進学させた。一家は母親の実家のある北条の借家に逼塞した。國男少年はその北条の家から三里の道を往復して福崎の高等小学校に通った。

つまり、そんなことを柳田の読者は知っている。頭が大きく、「フクスケさん」のあだ名のある少年が三里の道を往復するのをあわれんでか、辻川の豪家が一年ほど、少年をわが家に居候させた。少年は豪家の二階の書庫に入りびたり、古書を読みあさった。大読書家柳田國男の始まりである。

たいてい校庭で三角ベースの野球をした。外野をすり抜けたボールが「ホトケさん」の草むらに転がりこむことがあった。へんな一角で、草が茂り放題に茂っていて、そこここにホトケがいた。大人の肩まである石仏が、ななめに立っていたり、ドウと倒れたり、二体が重なり合っていた。ぶ厚い石板に顔だけ刻んだもので、いつのころ、誰がつくったとも知れず、寺のほうでも持てあましているようだった。ボールを探して草を分けると、ニッと笑った顔があらわれたりした。

それが私の北条だった。眠りこけたように古い町で、古い小さな町屋がつづき、古い小さな食品店、洋品店、豆腐屋、理髪店……古ぼけた多宝塔があって、寺の甍《いらか》ばかりが大きく、伯母のつくる巨大なボタ餅を食べすぎて半日寝ていたこともある。

そんな北条の町に、並外れた詩人が住んでいる。私の予測は外れて『ジパング』はさほど評判にならなかったようだ。そんなことは一切かかわりないように、時里二郎個人詩誌「ロッジア」が送られてきた。送り手は変わらずあの北条に住んでいる。古ぼけた多宝塔のある、石仏たちが散在している、古い小さな町並みのつづく町。私には詩の福音を説くような「ロッジア」の断章と、あの町とがまるで結びつかず、すべては誰かのいたずらのような気さえするのだった。

六年前、『石目』が出た。みごとな詩語でつづられていた。散文派の私にないことだが、ある新聞の「今年の三冊」の一冊にあげた。「ひっそりと出た、水晶のように硬質で、寡黙な人の呟きのように印象深い詩集。石目、石の目、イシメサンは、以来わが中にいる」

こんどこそ受賞まちがいないと思ったのに、別に何も起こらず、その後も変わらず「ロッジア」が送られてきた。私は「時里二郎」といった旅役者のような名前のせいで、詩集そのものも手のこんだ芝居とみなされるのではあるまいかと危惧したりした。

そんなふうにして四半世紀がたった。伯父、伯母が亡くなり、北条へ行くこともなくなった。いちど福崎で柳田國男記念館をたずね、その足で北条を訪れた。「ホトケさん」はきれいに整備され、「北条の石仏」として文化財になっていた。古い店はあらかたが店を閉じ、引きまわしたカーテンが黄ばんでいた。この町に並み外れた詩人がいて、石を刻むようにして詩を書いている。すべてが私にはやはり誰かのたのしいいたずらのように思えてならない。

（「現代詩手帖」二〇一九年七月号）

地誌とゴム紐

山尾悠子

岡山市中心部をほぼ南北に貫く一級河川の旭川、その市街地の京橋栈橋から瀬戸内海犬島へ向かう旧航路が復活したという。最近のニュースで知ったが、瀬戸内国際芸術祭に合わせてのこととか。後楽園及び岡山城付近の月見橋・蓬萊橋・相生橋が架かったあたりからやや下流、ふたつの中州を跨いで東山行きの路面電車が渡っていくのが京橋・小橋。石垣で固められた川岸の栈橋はむかし遠方航路の発着場としても賑やかに栄えた由で、古めかしいニュースフィルムなどもローカル局の番組で紹介され、幼いころの記憶では渡し舟で対岸へ渡った覚えがあるのだが、ここからだったのだろうかとぼんやり考える。現行の新しい船は栈橋を発ち、多数の砂防を避けつつ下流へ、児島湾大橋の方向へ向かう。旭川は瀬戸内海の広域へと直接流れ出してはいない、南に大きく突き出た児島半島に遮られているから。狭い児島湾内を東へ東へ進み、百間川と吉井川のふたつの河口を過ぎたころ、ようやく方向転換して瀬戸内の海の広域へ。航行時間は一時間ほど、ここまで来てもまだ岡山市東区なのだが、製錬所廃墟のある犬島は宝伝の港からすぐ目のまえだ。

名井島へ行くには　宝伝《ほうでん》港から犬島行きの船に乗る　犬島直航の便しかないので　名井島には行くはずはないのだが　それでも　船はたまに名井島に立ち寄る

（「名井島の猫」）

　隣国の播磨守さま御出張。こちらにご縁者がいらして、岡山だけでなく倉敷へもしばしばご到来の由。当方は後楽園の付近で育ったが、今では倉敷に近いあたりに住居があるので、美観地区の古書店のことなど共通の話題となる。最近になって開通した連絡方法はメールと手紙のみで、未だお目にかかったことはない。昔むかし子育て休業中に『星痕を巡る七つの異文』を送って下さったことがあり、以来ずっと謎のひと、謎の詩人だった。気後れしてそのとき礼状は出せなかったから。

菫者《すみれもの》も弓王耳王もダルレスも大殿《シニョーレ》もドクダミの貴婦人も、みなきらびやかに明るい潮流を流れゆく異国の花々のよう、でも確実な土地とその地誌はいつでもそこにあったような。森や生き物、鳥と昆虫。そして具象の白昼に身近な海へと出航してより、あるいは瀬戸内に泛ぶ具象と抽象の島々を経巡ってより、詩人の想像力のゴム紐は時間軸の未来の方向へぐいとばかりに引き伸ばされたような。地誌とは過去と現在、その間のみゴム紐を引き渡すよりも、さらに未来まで引き伸ばせばだんぜんゴムの運動量は増す。これはじぶんのような拙い小説書きでもよく行なうことで、精錬工場の廃墟の錆はこれで何割か確実に増すし、大異変《カタストロフ》以後の世界となればなおさら。思いつつ読み進めば工場《ファクトリー》のアンドロイドとともにリハビリは進み、『名井島』とはことばとうたをめぐって天啓のように語られる考察の書であったのかと、しみじみ身に沁みて、コレハ最良質ノ言語SFトシテ読ムコトモデキルカモ、と雑音《ノイズ》めく考えも頭の隅をよぎる。

　ない島を視るに至った詩人はすでに手の届かないはるか沖。そこはどこまでも白く凪いだ瀬戸内のことばの海の沖だろうか。

　これ以上はうまく言えないので、残りは小咄で茶を濁すことにする。やはりこの件、でも播磨守さまにはぜったい嫌がられていると思う。

　いきなり話は京都へ飛ぶが、そのむかし同志社大学国文のゼミは今出川キャンパスのクラーク記念館二階小教室で授業が行なわれていた。今では内部のみ改装されて結婚式用のチャペルになっているとか。銅葺き屋根の尖塔つき、いかにも可愛らしい明治の煉瓦造り洋館なのである。そしてここでの同じゼミの二学年先輩に何と高柳誠氏がいらっしゃった。たまたま判明したのだが、そのとき「時里ならば同学年で、ゼミは別だがやはり国文。学籍番号が近かったので、入学してさいしょに声をかけあって以来の友人」と教えて頂いた。学籍番号は五十音順で決まるので、高柳誠と時里二郎ならば確かに近い。ここのところがいたく琴線に触れ、燃料は投下されたのだったが、何しろ背景のクラーク記念館のロマンチックさといい、両詩人の絶妙な名の釣り合い具合といい、致し方ないというものではなかろうか。

　が、それにしても昨年出した拙著『飛ぶ孔雀』は岡山京橋とその近辺の地誌を扱っているので、『名井島』とは新たな直航便で結ばれたことになる。まったくどうでもいいことながら密かに喜んでいる次第。


（「現代詩手帖」二〇一九年七月号）

現代詩文庫　252　時里二郎詩集

発行日・二〇二四年五月二十五日

著　者・時里二郎

発行者・小田啓之

発行所・株式会社思潮社

〒一六二-〇八四二　東京都新宿区市谷砂土原町三—十五
電話〇三—五八〇五—七五〇一（営業）　〇三—三二六七—八一四一（編集）

印刷所・創栄図書印刷株式会社

製本所・創栄図書印刷株式会社

現代詩文庫

新刊

201 蜂飼耳詩集
202 岸田将幸詩集
203 中尾太一詩集
204 日和聡子詩集
205 田原詩集
206 三角みづ紀詩集
207 尾花仙朔詩集
208 田中佐知詩集
209 続続・高橋睦郎詩集
210 続続・新川和江詩集
211 続・岩田宏詩集
212 江代充詩集
213 貞久秀紀詩集
214 中上哲夫詩集
215 三井葉子詩集
216 平岡敏夫詩集
217 森崎和江詩集
218 境節詩集
219 田中郁子詩集
220 鈴木ユリイカ詩集
221 國峰照子詩集
222 小笠原鳥類詩集
223 水田宗子詩集
224 続・高良留美子詩集
225 有馬敲詩集
226 國井克彦詩集
227 暮尾淳詩集
228 山口眞理子詩集
229 田野倉康一詩集
230 広瀬大志詩集
231 近藤洋太詩集
232 渡辺玄英詩集
233 米屋猛詩集
234 原田勇男詩集
235 齋藤恵美子詩集
236 続・財部鳥子詩集
237 中田敬二詩集
238 三井喬子詩集
239 たかとう匡子詩集
240 和合亮一詩集
241 続・和合亮一詩集
242 続続・荒川洋治詩集
243 新国誠一詩集
244 松下育男詩集
245 佐々木安美詩集
246 松岡政則詩集
247 斎藤恵子詩集
248 福井桂子詩集
249 藤田晴央詩集
250 村田正夫詩集
251 有働薫詩集